insel taschenbuch 901

Wilhelm Müller

Die Winterreise

WILHELM MÜLLER

WILHELM MÜLLER
DIE WINTERREISE

und andere Gedichte
Herausgegeben von Hans-Rüdiger Schwab
Mit einem Vorwort zu den
Schubert-Vertonungen
von Christian Elsner

Insel Verlag

insel taschenbuch 901
Erste Auflage 1986
Erweiterte Neuausgabe 1994

Hinweise zu dieser Ausgabe am Schluß des Bandes
Vertrieb durch den Suhrkamp Taschenbuch Verlag
Umschlag nach Entwürfen von Willy Fleckhaus
Satz: Fotosatz Otto Gutfreund GmbH, Darmstadt
Druck: Nomos Verlagsgesellschaft, Baden-Baden

2 3 4 5 6 7 – 99 98 97 96 95 94

INHALT

GEDANKEN ZUM LIEDGESANG

Zu den Schubert-Vertonungen von Wilhelm Müllers »Winterreise«

> »Keiner Dichtungsart liegt es mehr ob als der lyrischen, zeitgemäß zu sein; denn ihr Genuß und ihre Wirkung, am weitesten von jedem Studium getrennt, gehen lebendig von Mund zu Mund und haben keine Zeit zu Erklärungen.«
>
> *Wilhelm Müller, 1827*

Eine ebenso anspruchsvolle wie erfüllende Aufgabe im Laufe eines Sängerlebens ist die Auseinandersetzung mit zwei der bedeutendsten Zyklen der Liedliteratur: »Die schöne Müllerin« und »Die Winterreise«, die Franz Schubert aus Gedichten von Wilhelm Müller zusammengestellt und dann vertont hat. Das Hauptproblem dieser Auseinandersetzung liegt nicht nur in der stimmtechnischen, musikalischen und intellektuellen Bewältigung dieser umfangreichen Werke, vielmehr erschweren die sogenannten exemplarischen Einspielungen von Sängern wie Julius Patzak, Hans Hotter, Peter Anders, Fritz Wunderlich und Dietrich Fischer-Dieskau eine unbefangene Annäherung an diese Zyklen. Die Möglichkeit, verschiedene Sehweisen gewissermaßen hautnah mitzuerleben, ist zwar spannend und lehrreich zugleich, man sollte sich als Sänger aber erst damit beschäftigen, wenn man zuvor die Gelegenheit hatte, sich die Werke selbst zu erarbeiten, ohne durch zu viele

Hörerlebnisse vorgeprägt zu sein. Denn erst die eigene Auseinandersetzung mit der Gefühlswelt dieser Zyklen ermöglicht es gerade einem jungen Sänger, die Sehweise und Interpretation erfahrener Sängerpersönlichkeiten zu verstehen, bis zu einem gewissen Grad nachzuvollziehen und letztlich auch etwas daraus zu lernen.

Ein Blick auf die Aufführungsgeschichte von Schuberts Liederzyklen zeigt die Vielfalt der Interpretationsmöglichkeiten: Der Opernsänger Michael Vogl lernte den damals zwanzigjährigen Schubert zu einem Zeitpunkt kennen, als er schon dabei war, sich von der Bühne zurückzuziehen. Seine sängerische Erfahrung und seine Stimmkultur machten ihn zu einem bedeutenden Interpreten von Schubert-Liedern. Mit seinen sechzig Jahren war er 1828, im Erscheinungsjahr der »Winterreise«, schon weit über den Höhepunkt seines stimmlichen Vermögens hinausgelangt, aber es war die Art seines Vortrages, die Schubert und dessen Freunde so sehr faszinierte. Dem Komponisten schienen die sprachliche Gewandtheit, der Ausdruck und die Musikalität wichtiger zu sein als Schönheit und Frische der Stimme.

Ganz anders verhielt es sich mit Karl Freiherr von Schönstein, dem Schubert »Die schöne Müllerin« widmete. Der Gesangsschüler Michael Vogls war ein hervorragender Schubert-Sänger, der sich aber vor allem auf die Schönheit und Frische seiner Stimme verließ. Da dieser Zyklus auch durch Handlungen der geschilderten Personen (Müller, dessen Tochter, Jäger) bestimmt wird, ergibt sich schon daraus ein für das Publikum verständlicher Ablauf. Dies kam dem jungen und relativ unerfahrenen von Schönstein weit mehr entgegen, als die unterschiedlichen Stimmungen und Gefühlswandlungen nachvollziehen zu müssen, die der Erzähler der »Winterreise« durchmacht.

Daß ein Sänger diesen Zyklen auf andere Weise gerecht werden kann, zeigt die Aufnahme der »Winterreise« des Tenors Peter Anders. Sie wird allein durch den fahlen Klang seiner Stimme und deren große Intensität zu einem fesselnden Hörerlebnis. Und die bis zum letzten Ton durchdachte Einspielung der »Schönen Müllerin« von Dietrich Fischer-Dieskau mit ihrem Reichtum an Klangfarben und ihrer fein differenzierten Gestaltung der verschiedenen Gefühlssituationen führt auch in eine andere Richtung als die, die man mit von Schönstein in Verbindung bringt.

So bietet sich jedem Sänger die Möglichkeit, seine Auffassung in diese Zyklen einzubringen, so daß dadurch innerhalb der Komposition etwas Neues entsteht. Dabei geht es nicht um eine richtige oder falsche Interpretation, sondern um eine durchgängige Sehweise der Gefühlswelt des jeweiligen Zyklus, die nicht Grundlegendes zu verändern sucht.

Die Komposition Franz Schuberts mit ihrem festgelegten Ablauf stellt die musikalische Vorgabe dar – sie schränkt die Interpretationsmöglichkeiten solcher Gedichte zunächst ein, erleichtert aber damit deren Zugang. Gefühle und Gedankengänge zu verstehen, die während eines Zyklus im Inneren des Erzählers stattfinden, ist aber nicht nur für den Interpreten, sondern auch für den Zuhörer wichtig: Der durch den Text formulierte gefühlsmäßige Fortgang der Handlung stellt ja nur das äußere Gerüst dar. Der innere Spannungsbogen, der durch die Intensität des Sängers entsteht, bildet jedoch den eigentlichen Zusammenhang. Dabei muß man mit der Zeit lernen, wie sehr man sich mit dem Erzähler identifiziert, wieviel man von sich selbst preisgibt. Das ist eine Gratwanderung, bei der oft von der Notwendigkeit einer gewissen Distanz des Interpreten zu den Gedanken des Erzählers gesprochen wird. Es mag bis zu einem gewissen Punkt möglich sein, diese Gefühlswelt so zu technisieren, daß man die »Winterreise« nicht bei jeder Aufführung selbst durchleben muß, sondern dies durch größtmögliche Intensität ersetzt. Doch man darf es dem Publikum nie ersparen, daß es sich mit Gefühlen auseinandersetzt, die heute niemand mehr einem anderen zumuten und schon gar nicht in der Öffentlichkeit preisgeben würde. Denn das ist es, was diesen Zyklus so einzigartig macht: Hier wird das tiefste Innere einer menschlichen Seele preisgegeben, ein Vorgang, dem sich der Zuhörer nicht mehr entziehen kann und darf.

Dies alles stellt an den Sänger hohe Anforderungen. Hier kommt der Sprachbehandlung eine besondere Bedeutung zu – das ist ebenso wichtig für das Verständnis des Publikums wie für den direkten Kontakt zwischen Erzähler und Zuhörer. Das sollte auch unabhängig vom bestehenden Singideal der Fall sein, da durch übertriebenen Schöngesang die oft nur minimalen Stimmungsänderungen, Klangfarben und sprachlichen Nuancen des dichterischen oder kompositorischen Originals auf der Strecke bleiben. Allerdings verlangen die gesangstechnischen Schwierigkeiten ein großes Maß an Konzentration und genauer Vorbereitung; denn nur das ungestörte Erklingen von Musik und Text ermöglicht es dem Zuhörer, in die Gefühlswelt von Wilhelm Müller und Franz Schubert zu gelangen.

Voraussetzung hierfür ist nicht zuletzt das schrittweise, genaue Erarbeiten des gesamten Notentextes. Es genügt nicht, daß sich der Sänger allein auf den Sinn des Textes und dessen Einordnung in den Handlungsablauf des Zyklus konzentriert. Er muß auch wissen, inwieweit sich dies in Melodie und Klavierbegleitung ausdrückt.

Bei einem typischen Strophenlied wie »Das Wandern«, dem ersten Lied der »Schönen Müllerin«, fällt das nicht ins Gewicht, da sich die Musik während der fünf Strophen ohne Variationen wiederholt. Hier besteht die Vorbereitung des Sängers darin, daß man mit dem Klavierbegleiter einzelne Wortbetonungen und Akzente abspricht.

Es gibt aber auch mehrstrophige Lieder, die von Schubert durchkomponiert sind, bei denen sich neben der Melodie auch die Begleitung von Strophe zu Strophe verändert. So paßt sich die Klavierstimme nicht nur der veränderten Melodie an, sondern sie klingt auch häufig wie ein selbständiger Partner, der Gefühle wie Erinnerungen symbolisieren soll oder eine vom Sänger unabhängige Person, manchmal auch einen Gegenstand, darstellt.

In »Am Feierabend« hat Schubert die beiden Strophen dieses Gedichtes ganz unterschiedlich vertont und wiederholt die erste Strophe noch einmal. Das Lied beginnt allerdings nicht mit dem immer wiederkehrenden

Sechzehntelmotiv in der Klavierbegleitung, das in der ganzen ersten Strophe für das aufgeregte Plätschern des Baches steht. Als kurze Einleitung benutzt Schubert dasselbe Achtelmotiv, das in der zweiten Strophe wie der erregte, unruhige Pulsschlag des Erzählers klingt. Während dieser Pulsschlag zu Beginn des Liedes in das Plätschern des Baches übergeht, beruhigt er sich in der zweiten Strophe erst allmählich, um bei den Worten des Mädchens »Allen eine gute Nacht« endlich zur Ruhe zu kommen. Diese Ruhe hat jedoch durch die Harmonien in der Klavierbegleitung etwas Trügerisches, und so bricht schnell die pulsierende Unzufriedenheit des Erzählers wieder durch. Das gleichzeitig erneut einsetzende Bachgeplätscher wird erst am Ende des Liedes plötzlich abgebrochen, um mit einem sehnsüchtigen »daß die schöne Müllerin merkte meinen treuen Sinn« auszuklingen.

Derartige Veränderungen am Gedichttext Wilhelm Müllers hat Schubert häufig vorgenommen, aber nicht um die Gedichte zu verbessern, sondern um die für den Zusammenhang wichtigen Gefühls- und Handlungsabläufe zu verdeutlichen. Inwieweit sich diese Abläufe aneinanderreihen lassen, dürfte auch die Hauptfrage sein, die sich ein Komponist bei der Auswahl der für einen Liederzyklus geeigneten Gedichte stellen muß.

Ob es deshalb gerechtfertigt ist, einzelne Gedichte dieser Zyklen mit Werken von Goethe, Rückert oder Heine zu vergleichen, scheint doch eher zweifelhaft, zumal sie dann immer nur Fragmente eines Ganzen bleiben und somit gänzlich anderen Kriterien der Beurteilung unterliegen als einzelne Meisterwerke dieser

Dichter. Deshalb ist auch die häufig genannte These, die die Bedeutung und den Bekanntheitsgrad der Werke Wilhelm Müllers ohne deren Vertonung durch Franz Schubert in Frage stellt, kaum sinnvoll.

Andersherum wäre es ebenso angebracht, sich einmal zu fragen, wie es denn ohne diese beiden Zyklen mit der Einstufung Franz Schuberts als wohl bedeutendsten Komponisten des Kunstliedes bestellt wäre. Ist es denn nicht gerade jene Möglichkeit, die einfachen, empfindsamen und auf ehrliche Weise gefühlsbetonten Texte Wilhelm Müllers aneinanderreihen zu können, welche einen langen Liederzyklus überhaupt erst möglich gemacht haben?

Sicher bezieht sich die Kritik weniger auf die »Winterreise«, die wohl der bedeutendste aller Liederzyklen ist, sondern auf die mehr volkstümlich erscheinende »Schöne Müllerin«. Aber gerade Franz Schubert hat ja, wohl wissend um die Ironie, die dem Original zugrunde liegt, auf Prolog, Epilog und drei Gedichte des ersten Teils der »Gedichte aus den hinterlassenen Papieren eines Waldhornisten« verzichtet.

Diese Verse waren ursprünglich Teil eines Rollenspiels, das sich Wilhelm Müller und seine Freunde mit großem Vergnügen gegenseitig vorgelesen haben. Darin wurde die Vorliebe der kleinen Leute für möglichst gefühlsbetonte Gedichte parodiert. So beginnt der Prolog mit folgenden Worten:

> »Ich lad Euch, schöne Damen, kluge Herren
> Und die ihr hört und schaut was Gutes gern,
> Zu einem funkelnagelneuen Spiel

Im allerfunkelnagelneuesten Stil;
Schlicht ausgedrechselt, kunstlos zugestutzt,
Mit edler deutscher Rohheit aufgeputzt,
Keck wie ein Bursch im Stadtsoldatenstrauß,
Dazu wohl auch ein wenig fromm fürs Haus;
Das mag genug mir zur Empfehlung sein,
Wem die behagt, der trete nur herein.«

Die von Wilhelm Müller bewußt einfach gehaltene Volkstonlyrik wurde also von Franz Schubert aus ihrem parodistischen Zusammenhang gerissen. Demnach müßte sich die Kritik an den in der »Schönen Müllerin« ausgewählten Texten nicht gegen den Dichter, sondern gegen den Komponisten richten, da die Gedichte ja weitgehend wortgetreu und ernsthaft vertont wurden, ohne die zugrundeliegende Ironie des Verfassers zu berücksichtigen.

Hans Joachim Moser, Julius Patzak und Dietrich Fischer-Dieskau haben versucht, dem Zyklus einen Teil seiner von Wilhelm Müller beabsichtigten Wirkung zurückzugeben, indem sie Prolog und Epilog in gesprochener Form hinzufügten. Fischer-Dieskau kommentiert dies mit einer Einschränkung im nachhinein: »Ich muß gestehen, daß ich in einer meiner drei Schallplattenaufnahmen des Zyklus ebenfalls Prolog und Epilog als Kuriosität gesprochen habe, aber heute erscheinen sie mir als Fremdkörper. Denn Schubert hat die Gedichte seriös aufgefaßt, um seine musikalische Idee zu verwirklichen, und seither haben ihn Generationen von Sängern und Hörern rechtens ernst genommen.« Dies sollte als Mahnung verstanden werden, sich nicht durch musikwissenschaftliches Wissen so sehr beeinflussen zu lassen, daß dadurch nicht nur die eigene Sehweise verändert wird, mit der ein Interpret versucht, der Komposition gerecht zu werden – in diesem Fall hat es sogar dazu geführt, daß Texte hinzugefügt wurden, die der Komponist bewußt ausgeschlossen hatte.

Auf der anderen Seite aber zeigt dieses Beispiel, daß man sich nicht scheuen sollte, neue und damit eigene Wege zu gehen. Denn nur aus Erfahrungen, die der Sänger mit eigenen Interpretationen macht, kann er wirklich etwas für sich selbst lernen. Dann entwickelt sich auch das, was für einen Liedsänger am wichtigsten ist: das Einbringen der eigenen Persönlichkeit, die sich aber gänzlich in den Dienst des Werkes stellen soll.

Christian Elsner

DIE SCHÖNE MÜLLERIN

Im Winter zu lesen

DER DICHTER, ALS PROLOG

Ich lad euch, schöne Damen, kluge Herrn,
Und die ihr hört und schaut was Gutes gern,
Zu einem funkelnagelneuen Spiel
Im allerfunkelnagelneusten Stil;
Schlicht ausgedrechselt, kunstlos zugestutzt,
Mit edler deutscher Roheit aufgeputzt,
Keck wie ein Bursch im Stadtsoldatenstrauß,
Dazu wohl auch ein wenig fromm fürs Haus:
Das mag genug mir zur Empfehlung sein,
Wem die behagt, der trete nur herein.
Erhoffe, weil es grad ist Winterzeit,
Tut euch ein Stündlein hier im Grün nicht leid;
Denn wißt es nur, daß heut in meinem Lied
Der Lenz mit allen seinen Blumen blüht.
Im Freien geht die freie Handlung vor,
In reiner Luft, weit von der Städte Tor,
Durch Wald und Feld, in Gründen, auf den Höhn;
Und was nur in vier Wänden darf geschehn,
Das schaut ihr halb durchs offne Fenster an,
So ist der Kunst und euch genug getan.

Doch wenn ihr nach des Spiels Personen fragt,
So kann ich euch, den Musen sei's geklagt,
Nur *eine* präsentieren recht und echt,
Das ist ein junger blonder Müllersknecht.
Denn, ob der Bach zuletzt ein Wort auch spricht,
So wird ein Bach deshalb Person noch nicht.

Drum nehmt nur heut das Monodram vorlieb:
Wer mehr gibt, als er hat, der heißt ein Dieb.

Auch ist dafür die Szene reich geziert,
Mit grünem Sammet unten tapeziert,
Der ist mit tausend Blumen bunt gestickt,
Und Weg und Steg darüber ausgedrückt.
Die Sonne strahlt von oben hell herein
Und bricht in Tau und Tränen ihren Schein,
Und auch der Mond blickt aus der Wolken Flor
Schwermütig, wie's die Mode will, hervor.
Den Hintergrund umkränzt ein hoher Wald,
Der Hund schlägt an, das muntre Jagdhorn schallt;
Hier stürzt vom schroffen Fels der junge Quell
Und fließt im Tal als Bächlein silberhell;
Das Mühlrad braust, die Werke klappern drein,
Man hört die Vöglein kaum im nahen Hain.
Drum denkt, wenn euch zu rauh manch Liedchen klingt,
Daß das Lokal es also mit sich bringt.
Doch, was das Schönste bei den Rädern ist,
Das wird euch sagen mein Monodramist;
Verriet' ich's euch, verdürb ich ihm das Spiel:
Gehabt euch wohl und amüsiert euch viel!

WANDERSCHAFT

Das Wandern ist des Müllers Lust,
  Das Wandern!
Das muß ein schlechter Müller sein,
Dem niemals fiel das Wandern ein,
  Das Wandern.

Vom Wasser haben wir's gelernt,
  Vom Wasser!
Das hat nicht Rast bei Tag und Nacht,
Ist stets auf Wanderschaft bedacht,
  Das Wasser.

Das sehn wir auch den Rädern ab,
  Den Rädern!
Die gar nicht gerne stille stehn,
Die sich mein Tag nicht müde drehn,
  Die Räder.

Die Steine selbst, so schwer sie sind,
  Die Steine!
Sie tanzen mit den muntern Reihn
Und wollen gar noch schneller sein,
  Die Steine.

O Wandern, Wandern, meine Lust,
  O Wandern!
Herr Meister und Frau Meisterin,
Laßt mich in Frieden weiter ziehn
  Und wandern.

WOHIN?

Ich hört ein Bächlein rauschen
Wohl aus dem Felsenquell,
Hinab zum Tale rauschen
So frisch und wunderhell.

Ich weiß nicht, wie mir wurde,
Nicht, wer den Rat mir gab,
Ich mußte gleich hinunter
Mit meinem Wanderstab.

Hinunter und immer weiter,
Und immer dem Bache nach,
Und immer frischer rauschte,
Und immer heller der Bach.

Ist das denn meine Straße?
O Bächlein, sprich, wohin?
Du hast mit deinem Rauschen
Mir ganz berauscht den Sinn.

Was sag ich denn von Rauschen?
Das kann kein Rauschen sein:
Es singen wohl die Nixen
Dort unten ihren Reihn.

Laß singen, Gesell, laß rauschen,
Und wandre fröhlich nach!
Es gehn ja Mühlenräder
In jedem klaren Bach.

HALT!

Eine Mühle seh ich blicken
Aus den Erlen heraus,
Durch Rauschen und Singen
Bricht Rädergebraus.

Ei willkommen, ei willkommen,
Süßer Mühlengesang!
Und das Haus, wie so traulich!
Und die Fenster, wie blank!

Und die Sonne, wie helle
Vom Himmel sie scheint!
Ei, Bächlein, liebes Bächlein,
War es also gemeint?

DANKSAGUNG AN DEN BACH

War es also gemeint,
Mein rauschender Freund,
Dein Singen, dein Klingen,
War es also gemeint?

Zur Müllerin hin!
So lautet der Sinn.
Gelt, hab ich's verstanden?
Zur Müllerin hin!

Hat *sie* dich geschickt?
Oder hast mich berückt?
Das möcht ich noch wissen,
Ob *sie* dich geschickt.

Nun wie's auch mag sein,
Ich gebe mich drein:
Was ich such, ist gefunden,
Wie's immer mag sein.

Nach Arbeit ich frug,
Nun hab ich genug,
Für die Hände, fürs Herze
Vollauf genug!

AM FEIERABEND

Hätt ich tausend
Arme zu rühren!
Könnt ich brausend
Die Räder führen!
Könnt ich wehen
Durch alle Haine!
Könnt ich drehen
Alle Steine!
Daß die schöne Müllerin
Merkte meinen treuen Sinn!

Ach, wie ist mein Arm so schwach!
Was ich hebe, was ich trage,
Was ich schneide, was ich schlage,
Jeder Knappe tut es nach.
Und da sitz ich in der großen Runde,
Zu der stillen kühlen Feierstunde,
Und der Meister spricht zu allen:
»Euer Werk hat mir gefallen«;
Und das liebe Mädchen sagt
Allen eine gute Nacht.

DER NEUGIERIGE

Ich frage keine Blume,
Ich frage keinen Stern,
Sie können mir nicht sagen,
Was ich erführ so gern.

Ich bin ja auch kein Gärtner,
Die Sterne stehn zu hoch;
Mein Bächlein will ich fragen,
Ob mich mein Herz belog.

O Bächlein meiner Liebe,
Wie bist du heut so stumm!
Will ja nur eines wissen,
Ein Wörtchen um und um.

Ja, heißt das eine Wörtchen,
Das andre heißet Nein,
Die beiden Wörtchen schließen
Die ganze Welt mir ein.

O Bächlein meiner Liebe,
Was bist du wunderlich!
Will's ja nicht weitersagen,
Sag, Bächlein, liebt sie mich?

DAS MÜHLENLEBEN

Seh ich sie am Bache sitzen,
Wenn sie Fliegennetze strickt,
Oder sonntags für die Fenster
Frische Wiesenblumen pflückt;

Seh ich sie zum Garten wandeln,
Mit dem Körbchen in der Hand,
Nach den ersten Beeren spähen
An der grünen Dornenwand:

Dann wird's eng in meiner Mühle,
Alle Mauern ziehn sich ein,
Und ich möchte flugs ein Fischer,
Jäger oder Gärtner sein.

Und der Steine lustig Pfeifen,
Und des Wasserrads Gebraus,
Und der Werke emsig Klappern,
's jagt mich fast zum Tor hinaus.

Aber wenn in guter Stunde
Plaudernd sie zum Burschen tritt,
Und als kluges Kind des Hauses
Seitwärts nach dem Rechten sieht;

Und verständig lobt den einen,
Daß der andre merken mag,
Wie er's besser treiben solle,
Geht er ihrem Danke nach –

Keiner fühlt sich recht getroffen,
Und doch schießt sie nimmer fehl,
Jeder muß von Schonung sagen,
Und doch hat sie keinen Hehl.

Keiner wünscht, sie möchte gehen,
Steht sie auch als Herrin da,
Und fast wie das Auge Gottes
Ist ihr Bild uns immer nah. –

Ei, da mag das Mühlenleben
Wohl des Liedes würdig sein,
Und die Räder, Stein und Stampfen
Stimmen als Begleitung ein.

Alles geht in schönem Tanze
Auf und ab, und ein und aus:
Gott gesegne mir das Handwerk
Und des guten Meisters Haus!

UNGEDULD

Ich schnitt' es gern in alle Rinden ein,
Ich grüb es gern in jeden Kieselstein,
Ich möcht es sän auf jedes frische Beet
Mit Kressensamen, der es schnell verrät,
Auf jeden weißen Zettel möcht ich's schreiben:
Dein ist mein Herz, und soll es ewig bleiben.

Ich möcht mir ziehen einen jungen Star,
Bis daß er spräch die Worte rein und klar,
Bis er sie spräch mit meines Mundes Klang,
Mit meines Herzens vollem, heißem Drang;
Dann säng er hell durch ihre Fensterscheiben:
»Dein ist mein Herz, und soll es ewig bleiben.«

Den Morgenwinden möcht ich's hauchen ein,
Ich möcht es säuseln durch den regen Hain;
O, leuchtet' es aus jedem Blumenstern!
Trüg es der Duft zu ihr von nah und fern!
Ihr Wogen, könnt ihr nichts als Räder treiben?
Dein ist mein Herz, und soll es ewig bleiben.

Ich meint', es müßt in meinen Augen stehn,
Auf meinen Wangen müßt man's brennen sehn,
Zu lesen wär's auf meinem stummen Mund,
Ein jeder Atemzug gäb's laut ihr kund;
Und sie merkt nichts von all dem bangen Treiben:
Dein ist mein Herz, und soll es ewig bleiben!

MORGENGRUSS

Guten Morgen, schöne Müllerin!
Wo steckst du gleich das Köpfchen hin,
Als wär dir was geschehen?
Verdrießt dich denn mein Gruß so schwer?
Verstört dich denn mein Blick so sehr?
So muß ich wieder gehen.

O laß mich nur von ferne stehn,
Nach deinem lieben Fenster sehn,
Von ferne, ganz von ferne!
Du blondes Köpfchen, komm hervor!
Hervor aus eurem runden Tor,
Ihr blauen Morgensterne!

Ihr schlummertrunknen Äugelein,
Ihr taubetrübten Blümelein,
Was scheuet ihr die Sonne?
Hat es die Nacht so gut gemeint,
Daß ihr euch schließt und bückt und weint
Nach ihrer stillen Wonne?

Nun schüttelt ab der Träume Flor,
Und hebt euch frisch und frei empor
In Gottes hellen Morgen!
Die Lerche wirbelt in der Luft,
Und aus dem tiefen Herzen ruft
Die Liebe Leid und Sorgen.

DES MÜLLERS BLUMEN

Am Bach viel kleine Blumen stehn,
Aus hellen blauen Augen sehn;
Der Bach, der ist des Müllers Freund,
Und hellblau Liebchens Auge scheint,
Drum sind es meine Blumen.

Dicht unter ihrem Fensterlein
Da pflanz ich meine Blumen ein,
Da ruft ihr zu, wenn alles schweigt,
Wenn sich ihr Haupt zum Schlummer neigt,
Ihr wißt ja, was ich meine.

Und wenn sie tät die Äuglein zu,
Und schläft in süßer, süßer Ruh,
Dann lispelt als ein Traumgesicht
Ihr zu: »Vergiß, vergiß mein nicht!«
Das ist es, was ich meine.

Und schließt sie früh die Laden auf,
Dann schaut mit Liebesblick hinauf:
Der Tau in euren Äugelein,
Das sollen meine Tränen sein,
Die will ich auf euch weinen.

TRÄNENREGEN

Wir saßen so traulich beisammen
Im kühlen Erlendach,
Wir schauten so traulich zusammen
Hinab in den rieselnden Bach.

Der Mond war auch gekommen,
Die Sternlein hinterdrein,
Und schauten so traulich zusammen
In den silbernen Spiegel hinein.

Ich sah nach keinem Monde,
Nach keinem Sternenschein,
Ich schaute nach ihrem Bilde,
Nach ihren Augen allein.

Und sahe sie nicken und blicken
Herauf aus dem seligen Bach,
Die Blümlein am Ufer, die blauen,
Sie nickten und blickten ihr nach.

Und in den Bach versunken
Der ganze Himmel schien,
Und wollte mich mit hinunter
In seine Tiefe ziehn.

Und über den Wolken und Sternen
Da rieselte munter der Bach,
Und rief mit Singen und Klingen:
»Geselle, Geselle, mir nach!«

Da gingen die Augen mir über,
Da ward es im Spiegel so kraus;
Sie sprach: »Es kommt ein Regen,
Ade, ich geh nach Haus.«

MEIN!

Bächlein, laß dein Rauschen sein!
Räder, stellt eur Brausen ein!
All ihr muntern Waldvögelein,
Groß und klein,
Endet eure Melodein!
Durch den Hain
Aus und ein
Schalle heut *ein* Reim allein:
Die geliebte Müllerin ist *mein!*
Mein!
Frühling, sind das alle deine Blümelein?
Sonne, hast du keinen hellern Schein?
Ach, so muß ich ganz allein,
Mit dem seligen Worte *mein*,
Unverstanden in der weiten Schöpfung sein!

PAUSE

Meine Laute hab ich gehängt an die Wand,
Hab sie umschlungen mit einem grünen Band –
Ich kann nicht mehr singen, mein Herz ist zu voll,
Weiß nicht, wie ich's in Reime zwingen soll.
Meiner Sehnsucht allerheißesten Schmerz
Durft ich aushauchen in Liederscherz,
Und wie ich klagte so süß und fein,
Meint ich doch, mein Leiden wär nicht klein.
Ei, wie groß ist wohl meines Glückes Last,
Daß kein Klang auf Erden es in sich faßt?

Nun, liebe Laute, ruh an dem Nagel hier!
Und weht ein Lüftchen über die Saiten dir,
Und streift eine Biene mit ihren Flügeln dich,
Da wird mir bange und es durchschauert mich.
Warum ließ ich das Band auch hängen so lang?
Oft fliegt's um die Saiten mit seufzendem Klang.
Ist es der Nachklang meiner Liebespein?
Soll es das Vorspiel neuer Lieder sein?

MIT DEM GRÜNEN LAUTENBANDE

»Schad um das schöne grüne Band,
Daß es verbleicht hier an der Wand,
Ich hab das Grün so gern!«
So sprachst du, Liebchen, heut zu mir;
Gleich knüpf ich's ab und send es dir:
Nun hab das Grüne gern!

Ist auch dein ganzer Liebster weiß,
Soll Grün doch haben seinen Preis,
Und ich auch hab es gern.
Weil unsre Lieb ist immergrün,
Weil grün der Hoffnung Fernen blühn,
Drum haben wir es gern.

Nun schlingst du in die Locken dein
Das grüne Band gefällig ein,
Du hast ja 's Grün so gern.
Dann weiß ich, wo die Hoffnung wohnt,
Dann weiß ich, wo die Liebe thront,
Dann hab ich 's Grün erst gern.

DER JÄGER

Was sucht denn der Jäger am Mühlbach hier?
Bleib, trotziger Jäger, in deinem Revier!
Hier gibt es kein Wild zu jagen für dich,
Hier wohnt nur ein Rehlein, ein zahmes, für mich.
Und willst du das zärtliche Rehlein sehn,
So laß deine Büchsen im Walde stehn,
Und laß deine klaffenden Hunde zu Haus,
Und laß auf dem Horne den Saus und Braus,
Und schere vom Kinne das struppige Haar,
Sonst scheut sich im Garten das Rehlein fürwahr.

Doch besser, du bliebest im Walde dazu,
Und ließest die Mühlen und Müller in Ruh.
Was taugen die Fischlein im grünen Gezweig?
Was will denn das Eichhorn im bläulichen Teich?
Drum bleibe, du trotziger Jäger, im Hain,
Und laß mich mit meinen drei Rädern allein;
Und willst meinem Schätzchen dich machen beliebt,
So wisse, mein Freund, was ihr Herzchen betrübt:
Die Eber, die kommen zu Nacht aus dem Hain,
Und brechen in ihren Kohlgarten ein,
Und treten und wühlen herum in dem Feld:
Die Eber die schieße, du Jägerheld!

EIFERSUCHT UND STOLZ

Wohin so schnell, so kraus, so wild, mein lieber Bach?
Eilst du voll Zorn dem frechen Bruder Jäger nach?
Kehr um, kehr um, und schilt erst deine Müllerin
Für ihren leichten, losen, kleinen Flattersinn.
Sahst du sie gestern Abend nicht am Tore stehn,
Mit langem Halse nach der großen Straße sehn?
Wenn von dem Fang der Jäger lustig zieht nach Haus,
Da steckt kein sittsam Kind den Kopf zum Fenster
'naus.
Geh, Bächlein, hin und sag ihr das, doch sag ihr
nicht,
Hörst du, kein Wort, von meinem traurigen Gesicht;
Sag ihr: »Er schnitzt bei mir sich eine Pfeif aus Rohr,
Und bläst den Kindern schöne Tänz und Lieder vor.«

ERSTER SCHMERZ, LETZTER SCHERZ

Nun sitz am Bache nieder
Mit deinem hellen Rohr,
Und blas den lieben Kindern
Die schönen Lieder vor.

Die Lust ist ja verrauschet,
Das Leid hat immer Zeit:
Nun singe neue Lieder
Von alter Seligkeit.

Noch blühn die alten Blumen,
Noch rauscht der alte Bach,
Es scheint die liebe Sonne
Noch wie am ersten Tag.

Die Fensterscheiben glänzen
Im klaren Morgenschein,
Und hinter den Fensterscheiben
Da sitzt die Liebste mein.

Ein Jäger, ein grüner Jäger,
Der liegt in ihrem Arm –
Ei, Bach, wie lustig du rauschest!
Ei, Sonne, wie scheinst du so warm!

Ich will einen Strauß dir pflücken,
Herzliebste, von buntem Klee,
Den sollst du mir stellen ans Fenster,
Damit ich den Jäger nicht seh.

Ich will mit Rosenblättern
Den Mühlensteg bestreun:
Der Steg hat mich getragen
Zu dir, Herzliebste mein!

Und wenn der stolze Jäger
Ein Blättchen mir zertritt,
Dann stürz, o Steg, zusammen
Und nimm den Grünen mit!

Und trag ihn auf dem Rücken
Ins Meer, mit gutem Wind,
Nach einer fernen Insel,
Wo keine Mädchen sind.

Herzliebste, das Vergessen,
Es kommt dir ja nicht schwer –
Willst du den Müller wieder?
Vergißt dich nimmermehr.

DIE LIEBE FARBE

In Grün will ich mich kleiden,
In grüne Tränenweiden,
Mein Schatz hat 's Grün so gern.
Will suchen einen Zypressenhain,
Eine Heide voll grünem Rosmarein,
Mein Schatz hat 's Grün so gern.

Wohlauf zum fröhlichen Jagen!
Wohlauf durch Heid' und Hagen!
Mein Schatz hat 's Jagen so gern.
Das Wild, das ich jage, das ist der Tod,

Die Heide, die heiß ich die Liebesnot,
Mein Schatz hat 's Jagen so gern.

Grabt mir ein Grab im Wasen,
Deckt mich mit grünem Rasen,
Mein Schatz hat 's Grün so gern.
Kein Kreuzlein schwarz, kein Blümlein bunt,
Grün, alles grün so rings und rund!
Mein Schatz hat 's Grün so gern.

DIE BÖSE FARBE

Ich möchte ziehn in die Welt hinaus,
Hinaus in die weite Welt,
Wenn's nur so grün, so grün nicht wär
Da draußen in Wald und Feld!

Ich möchte die grünen Blätter all
Pflücken von jedem Zweig,
Ich möchte die grünen Gräser all
Weinen ganz totenbleich.

Ach Grün, du böse Farbe du,
Was siehst mich immer an,
So stolz, so keck, so schadenfroh,
Mich armen weißen Mann?

Ich möchte liegen vor ihrer Tür,
In Sturm und Regen und Schnee,
Und singen ganz leise bei Tag und Nacht
Das eine Wörtchen: Ade!

Horch, wenn im Wald ein Jagdhorn ruft,
Da klingt ihr Fensterlein,
Und schaut sie auch nach mir nicht aus,
Darf ich doch schauen hinein.

O binde von der Stirn dir ab
Das grüne, grüne Band,
Ade, Ade! und reiche mir
Zum Abschied deine Hand!

BLÜMLEIN VERGISSMEIN

Was treibt mich jeden Morgen
So tief ins Holz hinein?
Was frommt mir, mich zu bergen
Im unbelauschten Hain?

Es blüht auf allen Fluren
Blümlein *Vergiß mein nicht*,
Es schaut vom heitern Himmel
Herab in blauem Licht.

Und soll ich's niedertreten,
Bebt mir der Fuß zurück,
Es fleht aus jedem Kelche
Ein wohlbekannter Blick.

Weißt du, in welchem Garten
Blümlein *Vergiß mein* steht?
Das Blümlein muß ich suchen,
Wie auch die Straße geht.

's ist nicht für Mädchenbusen,
So schön sieht es nicht aus:
Schwarz, schwarz ist seine Farbe,
Es paßt in keinen Strauß.

Hat keine grüne Blätter,
Hat keinen Blütenduft,
Es windet sich am Boden
In nächtig dumpfer Luft.

Wächst auch an einem Ufer,
Doch unten fließt kein Bach,
Und willst das Blümlein pflücken,
Dich zieht der Abgrund nach.

Das ist der rechte Garten,
Ein schwarzer, schwarzer Flor:
Darauf magst du dich betten –
Schleuß zu das Gartentor!

TROCKNE BLUMEN

Ihr Blümlein alle,
Die sie mir gab,
Euch soll man legen
Mit mir ins Grab.

Wie seht ihr alle
Mich an so weh,
Als ob ihr wüßtet,
Wie mir gescheh?

Ihr Blümlein alle,
Wie welk, wie blaß?
Ihr Blümlein alle,
Wovon so naß?

Ach, Tränen machen
Nicht maiengrün,
Machen tote Liebe
Nicht wieder blühn.

Und Lenz wird kommen,
Und Winter wird gehn,
Und Blümlein werden
Im Grase stehn,

Und Blümlein liegen
In meinem Grab,
Die Blümlein alle,
Die sie mir gab.

Und wenn sie wandelt
Am Hügel vorbei,
Und denkt im Herzen:
»*Der* meint' es treu!«

Dann Blümlein alle,
Heraus, heraus!
Der Mai ist kommen,
Der Winter ist aus.

DER MÜLLER UND DER BACH

[Der Müller]

Wo ein treues Herze
In Liebe vergeht,
Da welken die Lilien
Auf jedem Beet.

Da muß in die Wolken
Der Vollmond gehn,
Damit seine Tränen
Die Menschen nicht sehn.

Da halten die Englein
Die Augen sich zu,
Und schluchzen und singen
Die Seele zu Ruh.

[Der Bach]

Und wenn sich die Liebe
Dem Schmerz entringt,
Ein Sternlein, ein neues,
Am Himmel erblinkt.

Da springen drei Rosen,
Halb rot, halb weiß,
Die welken nicht wieder,
Aus Dornenreis.

Und die Engelein schneiden
Die Flügel sich ab,
Und gehn alle Morgen
Zur Erde hinab.

[Der Müller]

Ach, Bächlein, liebes Bächlein,
Du meinst es so gut:
Ach, Bächlein, aber weißt du,
Wie Liebe tut?

Ach, unten, da unten,
Die kühle Ruh!
Ach, Bächlein, liebes Bächlein,
So singe nur zu.

DES BACHES WIEGENLIED

Gute Ruh, gute Ruh!
Tu die Augen zu!
Wandrer, du müder, du bist zu Haus.
Die Treu ist hier,
Sollst liegen bei mir,
Bis das Meer will trinken die Bächlein aus.

Will betten dich kühl,
Auf weichem Pfühl,
In dem blauen kristallenen Kämmerlein.
Heran, heran,
Was wiegen kann,
Woget und wieget den Knaben mir ein!

Wenn ein Jagdhorn schallt
Aus dem grünen Wald,
Will ich sausen und brausen wohl um dich her.
Blickt nicht herein,
Blaue Blümelein!
Ihr macht meinem Schläfer die Träume so schwer.

Hinweg, hinweg
Von dem Mühlensteg,
Böses Mägdlein, daß ihn dein Schatten nicht weckt!
Wirf mir herein
Dein Tüchlein fein,
Daß ich die Augen ihm halte bedeckt!

Gute Nacht, gute Nacht!
Bis alles wacht,
Schlaf aus deine Freude, schlaf aus dein Leid!
Der Vollmond steigt,
Der Nebel weicht,
Und der Himmel da oben, wie ist er so weit!

DER DICHTER, ALS EPILOG

Weil gern man schließt mit einer runden Zahl,
Tret ich noch einmal in den vollen Saal,
Als letztes, fünfundzwanzigstes Gedicht,
Als Epilog, der gern das Klügste spricht.
Doch pfuschte mir der Bach ins Handwerk schon
Mit seiner Leichenred im nassen Ton.
Aus solchem hohlen Wasserorgelschall
Zieht jeder selbst sich besser die Moral;
Ich geb es auf, und lasse diesen Zwist,
Weil Widerspruch nicht meines Amtes ist.

So hab ich denn nichts lieber hier zu tun,
Als euch zum Schluß zu wünschen, wohl zu ruhn.
Wir blasen unsre Sonn und Sternlein aus –
Nun findet euch im Dunkel gut nach Haus,
Und wollt ihr träumen einen leichten Traum,
So denkt an Mühlenrad und Wasserschaum,
Wenn ihr die Augen schließt zu langer Nacht,
Bis es den Kopf zum Drehen euch gebracht.
Und wer ein Mädchen führt an seiner Hand,
Der bitte scheidend um ein Liebespfand,
Und gibt sie heute, was sie oft versagt,
So sei des treuen Müllers treu gedacht
Bei jedem Händedruck, bei jedem Kuß,
Bei jedem heißen Herzensüberfluß:
Geb' ihm die Liebe für sein kurzes Leid
In eurem Busen lange Seligkeit!

DIE WINTERREISE

GUTE NACHT

Fremd bin ich eingezogen,
Fremd zieh ich wieder aus.
Der Mai war mir gewogen
Mit manchem Blumenstrauß.
Das Mädchen sprach von Liebe,
Die Mutter gar von Eh' –
Nun ist die Welt so trübe,
Der Weg gehüllt in Schnee.

Ich kann zu meiner Reisen
Nicht wählen mit der Zeit:
Muß selbst den Weg mir weisen
In dieser Dunkelheit.
Es zieht ein Mondenschatten
Als mein Gefährte mit,
Und auf den weißen Matten
Such ich des Wildes Tritt.

Was soll ich länger weilen,
Bis man mich trieb' hinaus?
Laß irre Hunde heulen
Vor ihres Herren Haus!
Die Liebe liebt das Wandern, –
Gott hat sie so gemacht –
Von einem zu dem andern –
Fein Liebchen, Gute Nacht!

Will dich im Traum nicht stören,
Wär Schad um deine Ruh,
Sollst meinen Tritt nicht hören –
Sacht, sacht die Türe zu!
Ich schreibe nur im Gehen
Ans Tor noch »Gute Nacht«,
Damit du mögest sehen,
Ich hab an dich gedacht.

DIE WETTERFAHNE

Der Wind spielt mit der Wetterfahne
Auf meines schönen Liebchens Haus.
Da dacht ich schon in meinem Wahne,
Sie pfiff' den armen Flüchtling aus.

Er hätt es ehr bemerken sollen,
Des Hauses aufgestecktes Schild,
So hätt er nimmer suchen wollen
Im Haus ein treues Frauenbild.

Der Wind spielt drinnen mit den Herzen,
Wie auf dem Dach, nur nicht so laut.
Was fragen sie nach meinen Schmerzen?
Ihr Kind ist eine reiche Braut.

GEFRORENE TRÄNEN

Gefrorne Tropfen fallen
Von meinen Wangen ab:
Und ist's mir denn entgangen,
Daß ich geweinet hab?

Ei Tränen, meine Tränen,
Und seid ihr gar so lau,
Daß ihr erstarrt zu Eise,
Wie kühler Morgentau?

Und dringt doch aus der Quelle
Der Brust so glühend heiß,
Als wolltet ihr zerschmelzen
Des ganzen Winters Eis.

ERSTARRUNG

Ich such im Schnee vergebens
Nach ihrer Tritte Spur,
Hier, wo wir oft gewandelt
Selbander durch die Flur.

Ich will den Boden küssen,
Durchdringen Eis und Schnee
Mit meinen heißen Tränen,
Bis ich die Erde seh.

Wo find ich eine Blüte,
Wo find ich grünes Gras?
Die Blumen sind erstorben,
Der Rasen sieht so blaß.

Soll denn kein Angedenken
Ich nehmen mit von hier?
Wenn meine Schmerzen schweigen,
Wer sagt mir dann von ihr?

Mein Herz ist wie erfroren,
Kalt starrt ihr Bild darin:
Schmilzt je das Herz mir wieder,
Fließt auch das Bild dahin.

DER LINDENBAUM

Am Brunnen vor dem Tore
Da steht ein Lindenbaum:
Ich träumt in seinem Schatten
So manchen süßen Traum.

Ich schnitt in seine Rinde
So manches liebe Wort;
Es zog in Freud und Leide
Zu ihm mich immerfort.

Ich mußt auch heute wandern
Vorbei in tiefer Nacht,
Da hab ich noch im Dunkel
Die Augen zugemacht.

Und seine Zweige rauschten,
Als riefen sie mir zu:
»Komm her zu mir, Geselle,
Hier findst du deine Ruh!«

Die kalten Winde bliesen
Mir grad ins Angesicht,
Der Hut flog mir vom Kopfe,
Ich wendete mich nicht.

Nun bin ich manche Stunde
Entfernt von jenem Ort,
Und immer hör ich's rauschen:
Du fändest Ruhe dort!

DIE POST

Von der Straße her ein Posthorn klingt.
Was hat es, daß es so hoch aufspringt,
  Mein Herz?

Die Post bringt keinen Brief für dich:
Was drängst du denn so wunderlich,
  Mein Herz?

Nun ja, die Post kömmt aus der Stadt,
Wo ich ein liebes Liebchen hatt,
  Mein Herz!

Willst wohl einmal hinübersehn,
Und fragen, wie es dort mag gehn,
  Mein Herz?

WASSERFLUT

Manche Trän aus meinen Augen
Ist gefallen in den Schnee;
Seine kalten Flocken saugen
Durstig ein das heiße Weh.

Wann die Gräser sprossen wollen,
Weht daher ein lauer Wind,
Und das Eis zerspringt in Schollen,
Und der weiche Schnee zerrinnt.

Schnee, du weißt von meinem Sehnen:
Sag mir, wohin geht dein Lauf?
Folge nach nur meinen Tränen,
Nimmt dich bald das Bächlein auf.

Wirst mit ihm die Stadt durchziehen,
Muntre Straßen ein und aus:
Fühlst du meine Tränen glühen,
Da ist meiner Liebsten Haus.

AUF DEM FLUSSE

Der du so lustig rauschtest,
Du heller, wilder Fluß,
Wie still bist du geworden,
Gibst keinen Scheidegruß.

Mit harter, starrer Rinde
Hast du dich überdeckt,
Liegst kalt und unbeweglich
Im Sande hingestreckt.

In deine Decke grab ich
Mit einem spitzen Stein
Den Namen meiner Liebsten
Und Stund und Tag hinein:

Den Tag des ersten Grußes,
Den Tag, an dem ich ging,
Um Nam' und Zahlen windet
Sich ein zerbrochner Ring.

Mein Herz, in diesem Bache
Erkennst du nun dein Bild?
Ob's unter seiner Rinde
Wohl auch so reißend schwillt?

RÜCKBLICK

Es brennt mir unter beiden Sohlen,
Tret ich auch schon auf Eis und Schnee.
Ich möcht nicht wieder Atem holen,
Bis ich nicht mehr die Türme seh.

Hab mich an jedem Stein gestoßen,
So eilt ich zu der Stadt hinaus;
Die Krähen warfen Bäll und Schloßen
Auf meinen Hut von jedem Haus.

Wie anders hast du mich empfangen,
Du Stadt der Unbeständigkeit!
An deinen blanken Fenstern sangen
Die Lerch und Nachtigall im Streit.

Die runden Lindenbäume blühten,
Die klaren Rinnen rauschten hell,
Und ach, zwei Mädchenaugen glühten! –
Da war's geschehn um dich, Gesell!

Kömmt mir der Tag in die Gedanken,
Möcht ich noch einmal rückwärts sehn,
Möcht ich zurücke wieder wanken,
Vor *ihrem* Hause stille stehn.

DER GREISE KOPF

Der Reif hatt einen weißen Schein
Mir übers Haar gestreuet.
Da meint ich schon ein Greis zu sein,
Und hab mich sehr gefreuet.

Doch bald ist er hinweggetaut,
Hab wieder schwarze Haare,
Daß mir's vor meiner Jugend graut –
Wie weit noch bis zur Bahre!

Vom Abendrot zum Morgenlicht
Ward mancher Kopf zum Greise.
Wer glaubt's? Und meiner ward es nicht
Auf dieser ganzen Reise!

DIE KRÄHE

Eine Krähe war mit mir
Aus der Stadt gezogen,
Ist bis heute für und für
Um mein Haupt geflogen.

Krähe, wunderliches Tier,
Willst mich nicht verlassen?
Meinst wohl bald als Beute hier
Meinen Leib zu fassen?

Nun, es wird nicht weit mehr gehn
An dem Wanderstabe.
Krähe, laß mich endlich sehn
Treue bis zum Grabe!

LETZTE HOFFNUNG

Hier und da ist an den Bäumen
Noch ein buntes Blatt zu sehn,
Und ich bleibe vor den Bäumen
Oftmals in Gedanken stehn.

Schaue nach dem einen Blatte,
Hänge meine Hoffnung dran;
Spielt der Wind mit meinem Blatte,
Zittr' ich, was ich zittern kann.

Ach, und fällt das Blatt zu Boden,
Fällt mit ihm die Hoffnung ab,
Fall ich selber mit zu Boden,
Wein' auf meiner Hoffnung Grab.

IM DORFE

Es bellen die Hunde, es rasseln die Ketten.
Die Menschen schnarchen in ihren Betten,
Träumen sich manches, was sie nicht haben,
Tun sich im Guten und Argen erlaben:
Und morgen früh ist alles zerflossen. –
Je nun, sie haben ihr Teil genossen,

Und hoffen, was sie noch übrig ließen,
Doch wieder zu finden auf ihren Kissen.

Bellt mich nur fort, ihr wachen Hunde,
Laßt mich nicht ruhn in der Schlummerstunde!
Ich bin zu Ende mit allen Träumen –
Was will ich unter den Schläfern säumen?

DER STÜRMISCHE MORGEN

Wie hat der Sturm zerrissen
Des Himmels graues Kleid!
Die Wolkenfetzen flattern
Umher in mattem Streit.

Und rote Feuerflammen
Ziehn zwischen ihnen hin.
Das nenn ich einen Morgen
So recht nach meinem Sinn!

Mein Herz sieht an dem Himmel
Gemalt sein eignes Bild –
Es ist nichts als der Winter,
Der Winter kalt und wild!

TÄUSCHUNG

Ein Licht tanzt freundlich vor mir her;
Ich folg ihm nach die Kreuz und Quer;
Ich folg ihm gern, und seh's ihm an,
Daß es verlockt den Wandersmann.
Ach, wer wie ich so elend ist,
Gibt gern sich hin der bunten List,
Die hinter Eis und Nacht und Graus
Ihm weist ein helles, warmes Haus,
Und eine liebe Seele drin –
Nur Täuschung ist für mich Gewinn!

DER WEGWEISER

Was vermeid ich denn die Wege,
Wo die andren Wandrer gehn,
Suche mir versteckte Stege
Durch verschneite Felsenhöhn?

Habe ja doch nichts begangen,
Daß ich Menschen sollte scheun –
Welch ein törichtes Verlangen
Treibt mich in die Wüstenein?

Weiser stehen auf den Straßen,
Weisen auf die Städte zu,
Und ich wandre sonder Maßen,
Ohne Ruh, und suche Ruh.

Einen Weiser seh ich stehen
Unverrückt vor meinem Blick;
Eine Straße muß ich gehen,
Die noch keiner ging zurück.

DAS WIRTSHAUS

Auf einen Totenacker
Hat mich mein Weg gebracht.
Allhier will ich einkehren:
Hab ich bei mir gedacht.

Ihr grünen Totenkränze
Könnt wohl die Zeichen sein,
Die müde Wandrer laden
Ins kühle Wirtshaus ein.

Sind denn in diesem Hause
Die Kammern all besetzt?
Bin matt zum Niedersinken
Und tödlich schwer verletzt.

O unbarmherzge Schenke,
Doch weisest du mich ab?
Nun weiter denn, nur weiter,
Mein treuer Wanderstab!

DAS IRRLICHT

In die tiefsten Felsengründe
Lockte mich ein Irrlicht hin:
Wie ich einen Ausgang finde,
Liegt nicht schwer mir in dem Sinn.

Bin gewohnt das Irregehen,
's führt ja jeder Weg zum Ziel:
Unsre Freuden, unsre Wehen,
Alles eines Irrlichts Spiel!

Durch des Bergstroms trockne Rinnen
Wind ich ruhig mich hinab –
Jeder Strom wird 's Meer gewinnen,
Jedes Leiden auch ein Grab.

RAST

Nun merk ich erst, wie müd ich bin,
Da ich zur Ruh mich lege;
Das Wandern hielt mich munter hin
Auf unwirtbarem Wege.

Die Füße frugen nicht nach Rast,
Es war zu kalt zum Stehen,
Der Rücken fühlte keine Last,
Der Sturm half fort mich wehen.

In eines Köhlers engem Haus
Hab Obdach ich gefunden;
Doch meine Glieder ruhn nicht aus:
So brennen ihre Wunden.

Auch du, mein Herz, im Kampf und Sturm
So wild und so verwegen,
Fühlst in der Still erst deinen Wurm
Mit heißem Stich sich regen!

DIE NEBENSONNEN

Drei Sonnen sah ich am Himmel stehn,
Hab lang und fest sie angesehn;
Und sie auch standen da so stier,
Als könnten sie nicht weg von mir.
Ach, *meine* Sonnen seid ihr nicht!
Schaut andren doch ins Angesicht!
Ja, neulich hatt ich auch wohl drei:
Nun sind hinab die besten zwei.
Ging' nur die dritt erst hinterdrein!
Im Dunkel wird mir wohler sein.

FRÜHLINGSTRAUM

Ich träumte von bunten Blumen,
So wie sie wohl blühen im Mai,
Ich träumte von grünen Wiesen,
Von lustigem Vogelgeschrei.

Und als die Hähne krähten,
Da ward mein Auge wach;
Da war es kalt und finster,
Es schrien die Raben vom Dach.

Doch an den Fensterscheiben
Wer malte die Blätter da?
Ihr lacht wohl über den Träumer,
Der Blumen im Winter sah?

Ich träumte von Lieb um Liebe,
Von einer schönen Maid,
Von Herzen und von Küssen,
Von Wonn und Seligkeit.

Und als die Hähne krähten,
Da ward mein Herze wach;
Nun sitz ich hier alleine
Und denke dem Traume nach.

Die Augen schließ ich wieder,
Noch schlägt das Herz so warm.
Wann grünt ihr Blätter am Fenster?
Wann halt ich dich, Liebchen, im Arm?

EINSAMKEIT

Wie eine trübe Wolke
Durch heitre Lüfte geht,
Wann in der Tanne Wipfel
Ein mattes Lüftchen weht:

So zieh ich meine Straße
Dahin mit trägem Fuß,
Durch helles, frohes Leben,
Einsam und ohne Gruß.

Ach, daß die Luft so ruhig!
Ach, daß die Welt so licht!
Als noch die Stürme tobten,
War ich so elend nicht.

MUT!

Fliegt der Schnee mir ins Gesicht,
Schüttl ich ihn herunter.
Wenn mein Herz im Busen spricht,
Sing ich hell und munter.

Höre nicht, was es mir sagt,
Habe keine Ohren.
Fühle nicht, was es mir klagt,
Klagen ist für Toren.

Lustig in die Welt hinein
Gegen Wind und Wetter!
Will kein Gott auf Erden sein,
Sind wir selber Götter.

DER LEIERMANN

Drüben hinterm Dorfe
Steht ein Leiermann,
Und mit starren Fingern
Dreht er, was er kann.

Barfuß auf dem Eise
Schwankt er hin und her;
Und sein kleiner Teller
Bleibt ihm immer leer.

Keiner mag ihn hören,
Keiner sieht ihn an;
Und die Hunde brummen
Um den alten Mann.

Und er läßt es gehen
Alles, wie es will,
Dreht, und seine Leier
Steht ihm nimmer still.

Wunderlicher Alter,
Soll ich mit dir gehn?
Willst zu meinen Liedern
Deine Leier drehn?

FRÜHLINGSKRANZ

aus dem Plauenschen Grunde
bei Dresden

FRÜHLINGSEINZUG

Die Fenster auf, die Herzen auf!
  Geschwinde! Geschwinde!
Der alte Winter will heraus,
Er trippelt ängstlich durch das Haus,
Er windet bang sich in der Brust,
Und kramt zusammen seinen Wust
  Geschwinde, geschwinde.

Die Fenster auf, die Herzen auf!
  Geschwinde! Geschwinde!
Er spürt den Frühling vor dem Tor,
Der will ihn zupfen bei dem Ohr,
Ihn zausen an dem weißen Bart
Nach solcher wilden Buben Art,
  Geschwinde, geschwinde.

Die Fenster auf, die Herzen auf!
  Geschwinde! Geschwinde!
Der Frühling pocht und klopft ja schon –
Horcht, horcht, es ist sein lieber Ton!
Er pocht und klopfet, was er kann,
Mit kleinen Blumenknospen an,
  Geschwinde, geschwinde.

Die Fenster auf, die Herzen auf!
  Geschwinde! Geschwinde!
Und wenn ihr noch nicht öffnen wollt,
Er hat viel Dienerschaft im Sold,
Die ruft er sich zur Hülfe her,
Und pocht und klopfet immer mehr,
  Geschwinde, geschwinde.

Die Fenster auf, die Herzen auf!
  Geschwinde! Geschwinde!
Es kömmt der Junker Morgenwind,
Ein pausebackig rotes Kind,
Und bläst, daß alles klingt und klirrt,
Bis seinem Herrn geöffnet wird,
  Geschwinde, geschwinde.

Die Fenster auf, die Herzen auf!
  Geschwinde! Geschwinde!
Es kömmt der Ritter Sonnenschein,
Der bricht mit goldnen Lanzen ein,
Der sanfte Schmeichler Blütenhauch
Schleicht durch die engsten Ritzen auch,
  Geschwinde, geschwinde.

Die Fenster auf, die Herzen auf!
  Geschwinde! Geschwinde!
Zum Angriff schlägt die Nachtigall,
Und horch, und horch, ein Widerhall,
Ein Widerhall aus meiner Brust!
Herein, herein, du Frühlingslust,
  Geschwinde, geschwinde!

KINDERFRÜHLING

Wollt euch nicht so schnell belauben,
Wälder, und mir wieder rauben
Diesen lieben Sonnenschein,
Den so lang ich mußte missen,
Bis die Schleier er zerrissen,
Die den Himmel hüllten ein.

Zwischen knospenvollen Zweigen
Seh ich auf und nieder steigen
Kleiner Vöglein buntes Heer,
Seh sie schnäbeln, seh sie picken,
Und die schwanken Reiser nicken,
Denen ihre Last zu schwer.

Und der klare blaue Himmel
Breitet hinter dem Gewimmel
Sich in stillem Frieden aus.
Wie durch kleine Fenstergitter
Spielt die Sonne mit Gezitter
Durch der Zweige Flechtenhaus.

Halbbegrünet stehn die Hecken,
Und die Nachbarskinder necken
Durch die dürren Lücken sich,
Bis das Mädchen röter glühet
Und zu dichtern Stellen fliehet
Vor dem Knaben jüngferlich.

Frühling, heute noch ein Knabe,
Treibet auf des Winters Grabe
Mit den Kindern seinen Scherz,
Bis der Gott der süßen Triebe
Mit dem Flammenpfeil der Liebe
Ihm durchbohrt das kleine Herz.

KINDERLUST

Nun feget aus den alten Staub
Und macht die Laube blank!
Laßt ja kein schwarzes Winterlaub
Mir liegen auf der Bank!

Die erste weiße Blüte flog
Mir heut ins Angesicht.
Willkommen, Lenz! Ich lebe noch
Und weiß von Leide nicht.

Und schaue hell, wie du, hinein
In Gottes schöne Welt,
Und möcht ein kleiner Bube sein
Und kollern durch das Feld.

O seht, da plätschern schon am See
Die lieben Kindelein,
Und ziehn die Hemdchen in die Höh,
Und wollen gern hinein.

Wie lockt der warme Sonnenschein,
Der auf dem Spiegel ruht!
Da ist kein Fuß zu weich, zu klein,
Er probt, wie 's Wasser tut.

Ich sitz und seh dem Spiele zu,
Und spiel im Herzen auch.
Du lieber Lenz, ein Kind bist du,
Und übest Kinderbrauch.

Wie viel du hast, du weißt es kaum,
Und schüttest alles aus.
Nehmt, Kinder, nehmt! Es ist kein Traum!
Es kommt aus Gottes Haus.

Und wenn du nun ganz fertig bist,
Hast keine Blume mehr,
Dann gehst du wieder ohne Frist,
Kein Abschied wird dir schwer.

Und rufst dem Bruder Sommer zu:
Bringst du die Früchte her?
Was ich versprach, das halte du!
Ei, ei, dein Korb ist schwer!

DIE BRAUTNACHT

Es hat geflammt die ganze Nacht
Am hohen Himmelsbogen,
Wie eines Feuerspieles Pracht
Hat es die Luft durchflogen.

Und nieder sank es tief und schwer
Mit ahnungsvoller Schwüle,
Ein dumpfes Rollen zog daher
Und sprach von ferner Kühle.

Da fielen Tropfen warm und mild,
Wie lang erstickte Tränen;
Die Erde trank, doch ungestillt
Blieb noch ihr heißes Sehnen.

Und sieh, der Morgen steigt empor –
Welch Wunder ist geschehen?
In ihrem vollen Blütenflor
Seh ich die Erde stehen.

O Wunder, wer hat das vollbracht?
Der Knospen spröde Hülle
Wer brach sie auf in *einer* Nacht
Zu solcher Liebesfülle?

O still, o still, und merket doch
Der Blüten scheues Bangen!
Ein roter Schauer zittert noch
Um ihre frischen Wangen.

O still, und fragt den Bräutigam,
Den Lenz, den kühnen Freier,
Der diese Nacht zur Erde kam,
Nach ihrer Hochzeitfeier.

DAS FRÜHLINGSMAHL

Wer hat die weißen Tücher
Gebreitet über das Land?
Die weißen duftenden Tücher
Mit ihrem grünen Rand?

Und hat darüber gezogen
Das hohe blaue Zelt?
Darunter den bunten Teppich
Gelagert über das Feld?

Er ist es selbst gewesen,
Der gute reiche Wirt
Des Himmels und der Erden,
Der nimmer ärmer wird.

Er hat gedeckt die Tische
In seinem weiten Saal,
Und ruft, was lebet und webet,
Zum großen Frühlingsmahl.

Wie strömt's aus allen Blüten
Herab von Strauch und Baum!
Und jede Blüt ein Becher
Voll süßer Düfte Schaum.

Hört ihr des Wirtes Stimme?
Heran, was kriecht und fliegt,
Was geht und steht auf Erden,
Was unter den Wogen sich wiegt!

Und du, mein Himmelspilger,
Hier trinke trunken dich,
Und sinke selig nieder
Aufs Knie und denk an mich!

ERLÖSUNG

Wie dem Fische wird zumut,
Wenn des Flusses Rinde springt,
Und des jungen Lebens Glut
Durch des Eises Decke dringt,

Also wie aus Kerkerqual
Fühlet meine Brust sich frei,
Wenn des Frühlings Sonnenstrahl
Reißt der Wolken Zelt entzwei.

Und das Dach ist abgedeckt,
Das mich von dem Himmel schied,
Und das Aug ist aufgeweckt,
Welches durch den Äther sieht.

MORGENLIED

Wer schlägt so rasch an die Fenster mir
Mit schwanken grünen Zweigen?
Der junge Morgenwind ist hier
Und will sich lustig zeigen.

Heraus, heraus, du Menschensohn,
So ruft der kecke Geselle,
Es schwärmt von Frühlingswonnen schon
Vor deiner Kammerschwelle.

Hörst du die Käfer summen nicht?
Hörst du das Glas nicht klirren,
Wenn sie, betäubt von Duft und Licht,
Hart an die Scheiben schwirren?

Die Sonnenstrahlen stehlen sich
Behende durch Blätter und Ranken,
Und necken auf deinem Lager dich
Mit blendendem Schweben und Schwanken.

Die Nachtigall ist heiser fast,
So lang hat sie gesungen,
Und weil du sie gehört nicht hast,
Ist sie vom Baum gesprungen.

Da schlug ich mit dem leeren Zweig
An deine Fensterscheiben.
Heraus, heraus in des Frühlings Reich!
Er wird nicht lange mehr bleiben.

DER PERIPATETIKER

Alles will ich nun verlernen,
Was mich lehrte das Papier.
Schwarze, steife, stumme Lettern,
Sagt, was wollt ihr noch von mir?

In die grüne Wanderschule
Ruft mich ein Philosophus,
Einer, der sich nennt mit Rechten
Ein Peripatetikus.

Denn er zieht mit seiner Lehre
Durch die Länder ein und aus,
Schlägt in Wald und Feld und Garten
Auf sein wunderbares Haus.

Eine große Schar von Schülern
Folgt ihm durch die weite Welt,
Vöglein in den blauen Lüften,
Vöglein in dem grünen Zelt.

Und sie zwitschern unverdrossen
Ihres Meisters Weisheit nach;
Was sie gestern erst erfahren,
Lehren sie an diesem Tag.

Und der Weise aller Weisen
Kollert sich im weichen Gras,
Wiegt sich auf den schwanken Zweigen,
Als ob alles wär ein Spaß.

Also streut er seine Lettern,
Weiß und rot und gelb und blau,
Ohne Wahl, mit vollen Händen,
Über Berg und Tal und Au.

Lest, o lest die lieben Schriften
Voller Wahrheit, voller Lust,
Brüder, lest und stürzt euch selig
An des Lehrers warme Brust!

DIE FORELLE

In der hellen Felsenwelle
Schwimmt die muntere Forelle,
Und in wildem Übermut
Guckt sie aus der kühlen Flut,
Sucht, gelockt von lichten Scheinen,
Nach den weißen Kieselsteinen,
Die das seichte Bächlein kaum
Überspritzt mit Staub und Schaum.

Sieh doch, sieh, wie kann sie hüpfen
Und so unverlegen schlüpfen
Durch den höchsten Klippensteg,
Grad als wäre das ihr Weg!
Und schon will sie nicht mehr eilen,
Will ein wenig sich verweilen,
Zu erproben, wie es tut,
Sich zu sonnen aus der Flut.

Über einem blanken Steine
Wälzt sie sich im Sonnenscheine,
Und die Strahlen kitzeln sie
In der Haut, sie weiß nicht wie,
Weiß in wähligem Behagen
Nicht, ob sie es soll ertragen,
Oder vor der fremden Glut
Retten sich in ihre Flut.

Kleine muntere Forelle
Weile noch an dieser Stelle
Und sei meine Lehrerin:
Lehre mir den leichten Sinn,
Über Klippen weg zu hüpfen,
Durch des Lebens Drang zu schlüpfen,
Und zu gehn, ob's kühlt, ob's brennt,
Frisch in jedes Element.

DAS BRAUTKLEID

Die Flur hat angezogen
Ein grünes seidenes Kleid,
Die leichten schillernden Falten
Umfliegen sie weit und breit.

Und unter der flatternden Hülle
Schlägt ihre warme Brust,
Die Winde wollen sie kühlen
Und verglühen sich selber in Lust.

Es zucken die Sonnenstrahlen
Herunter mit blitzendem Brand,
Als möchten sie gern ihr versengen
Das neidische grüne Gewand.

Sie ruft: »Ihr Strahlen, ihr Winde,
Mein Kleid laßt unversehrt!

Es ward von meinem Liebsten
Zum Brautschmuck mir beschert.

Der Mai, so heißt mein Liebster,
Er gab es zu tragen mir,
Er sprach: ›Du sollst es tragen,
So lang ich bleibe bei dir.

Und wenn ich von dir scheide,
So werd es gelb vor Gram,
Dann laß es von den Menschen
Dir ausziehn ohne Scham.

Und leg als nackte Witwe
Dich nieder mit deinem Leid,
Bis daß ich wiederkehre
Und bring ein neues Kleid.‹«

DIE BIENE

Biene, dich könnt ich beneiden,
Könnte Neid im Frühling wachsen,
Wenn ich dich versunken sehe,
Immer leiser leiser summend,
In dem rosenroten Kelche
Einer jungen Apfelblüte.
Als die Knospe wollte springen
Und verschämt es noch nicht wagte,

In die helle Welt zu schauen,
Jetzo kamst du hergeflogen
Und ersahest dir die Knospe;
Und noch eh ein Strahl der Sonne
Und ein Flatterhauch des Zephyrs
Ihren Kelch berühren konnte,
Hingest du daran und sogest.
Sauge, sauge! – Schwer und müde
Fliegst du heim nach deiner Zelle:
Hast dein Tagewerk vollendet,
Hast gesorgt auch für den Winter!

PFINGSTEN

O heilige Frühlingswonne,
Du sinkest nieder,
Strahlend und flimmernd
In himmlischen Schauern,
Auf alle Berge,
In alle Täler,
In jede Menschenbrust!
Ja, du bist es,
Geist Gottes,
Du gießest dich aus
Über die Welt!
Soll ich auf die sonnige Höhe steigen
Und beten?
Soll ich in dem dunkeln Tale liegen

Und sinnen?
O tritt sanft, mein Fuß,
Daß du den Wurm nicht tretest,
Der unter dir
Sich freuet des sonnigen Lebens!
Und du, hoch schlagende Brust,
Halt an den Atem,
Daß du die Mücke
Nicht in dich ziehest,
Die sich wieget im Strahle
Vor deinem Munde!

TAFELLIEDER
FÜR LIEDERTAFELN

KÖNIG WEIN

Der König, dem ich diene,
Als treuer, tapfrer Held,
Er ist der größte König
In Gottes weiter Welt.

Die Fahne, der ich folge,
Sie ist ein grüner Zweig,
Der weht vor allen Schenken
In meines Königs Reich.

Ich trage seine Farbe
In meinem Angesicht:
Auf Kragen und Rabatten
Sieht unser König nicht.

Hochrot ist seine Farbe,
Glänzt wie ein Edelstein,
Die Farbe unsrer Feinde
Hat matten, bleichen Schein.

Ihr General und König
Wird *Durst* auf deutsch genannt,
Zieht sengend und verbrennend
Durch unsres Königs Land.

»Bibamus, eh bibamus!«
Ist unser Feldgesang,
Und unsre Schlachttrompete
Ist voller Gläser Klang.

Auch fehlen nicht die Trommeln,
Auch donnert mancher Schuß:
Wir schlagen auf die Tische,
Wir stampfen mit dem Fuß.

Wir haben scharf geladen,
Wir führen gut Gewehr:
Kanonen sind die Flaschen,
Von edlem Safte schwer.

Wohlauf, wohlauf zum Siege!
Die Nase und der Bart
Sind besser, als im Helme,
In einem Glas bewahrt.

Und wirft ein Hieb mich nieder
In diesem wilden Strauß,
Ich schlafe jede Wunde
In wenig Stunden aus.

Heil dir, mein großer König,
Heil dir und deinem Thron,
Und allen treuen Brüdern
In deinem edlen Fron!

DER NEUE DEMAGOGE

Euch, ihr edlen deutschen Reben,
Sei mein Lied geweiht!
Sing' ein andrer von den Helden
Dieser lieben Zeit.

Fehlen mir auf ihre Namen
Reime zum Gedicht,
Und zum Ungereimten brauchen
Sie den Dichter nicht.

Hab mich in dem Geist der Zeiten
Auch einmal berauscht;
Hab den Rausch nun ausgeschlafen
Und den Trank vertauscht.

Deutsch und frei und stark und lauter
In dem deutschen Land
Ist der Wein allein geblieben
An des Rheines Strand.

Und er läßt die deutsche Tugend,
Läßt den deutschen Mut
Frank und frei im Glase sprudeln,
Und man heißt es gut.

Und er zieht durch Deutschlands Gauen,
Predigt deutschen Geist,
Wenn durch froher Männer Runde
Er im Becher kreist.

»Landsmann!« grüßt ihn mit Entzücken
Jeder deutsche Mund,
Und er hält in alter Treue
Seinen deutschen Bund.

Frägt nicht nach der Herren Wechsel,
Nach der Seelen Tausch,
Kennt nur *eine* deutsche Erde,
Einen deutschen Rausch.

Ist *der* nicht ein Demagoge,
Wer soll einer sein?
Mainz, du heilge Bundesfeste,
Sperr ihn nur nicht ein!

FREIHEIT IM WEIN

Und wüßt ich, wo es besser wär,
So zög ich aus der Welt.
's ist wahrlich keines Bleibens mehr
In diesem Erdenzelt!

Hab mit dem Teleskop von fern
Des Himmels Rund besehn,
Ob nicht in irgendeinem Stern
Weinstöcke sollten stehn.

Doch hab ich keine noch entdeckt,
Und Herschel ist nun tot!
Wenn uns die Welt noch ärger neckt,
Wohin aus unsrer Not?

O Brüder, Brüder, schwebt mir ja
Ins Blaue nicht hinaus!
Die beste Freistatt liegt so nah
In unsres Wirtes Haus.

In seinen Keller flüchten wir,
Und der ist bombenfest.
Potz alle Welt! wir trotzen dir,
Wenn Sturm du blasen läßt!

Wird auch die Freiheit vogelfrei
Hier oben wohl genannt,
Da unten hat die Sultanei
Sie noch nicht weggebannt.

Noch braust sie auf im jungen Wein,
So oft die Reben blühn:
Dann will der Geist entfesselt sein
Und in dem Becher glühn.

Und in dem Brausen toben sich
Die wilden Hefen aus:
Der echte Geist, er hält den Stich
Und triumphiert im Strauß.

Auf, Brüder, lösen wir den Spund,
Und machen frei den Wein!
Sein freier Geist weih unsern Mund
Zu freien Liedern ein!

GUTER WEIN, GUT LATEIN

Guter Wein lehrt gut Latein.
Sitz ich bei dem vollen Glase,
Mein ich, ein Apoll zu sein,
Und es hebt sich meine Nase
In die Wolken fast hinein.
Zöpfe, Beutel und Perücken
Wachsen flugs auf meinem Haupt,
Es mit Ehren auszuschmücken,
Die kein Säkulum ihm raubt.

Guter Wein lehrt gut Latein.
Seh ich schon der Flasche Boden,
Ist mir auch Apoll zu klein;
Kühner als die kühnsten Oden
Stürm ich in die Welt hinein.
Und nach meinem Saitenspiele

Laß ich sich die Reiche drehn;
Liberale und Servile
Müssen Musterung bestehn.

Guter Wein lehrt gut Latein.
Ist der Tisch erst naß geworden,
Werd ich gar ein Taktikus,
Lasse nach der Regel morden,
Und es geht auf Hieb und Schuß.
Mit dem Finger mal ich Flüsse,
Seen mit der ganzen Hand;
Meines roten Weines Güsse
Strömen für das Vaterland.

Guter Wein lehrt gut Latein.
Ist der Tisch dann abgewaschen,
Steck ich ein das Schwert indes,
Und vor meinen leeren Flaschen
Halt ich friedlichen Kongreß.
Länder reiß ich flugs in Stücken,
Kann mit einer neuen Naht
Alte Fetzen wieder flicken –
Bin ich nicht ein Diplomat?

Guter Wein lehrt gut Latein.
Komm ich an die letzten Tropfen,
Ist mir nichts mehr gut genug;
Und ich riech an meinem Pfropfen,
Kritisiere den Geruch.
Leer ist meine Westentasche,
Und der Wirt liebt bares Geld. –

Schafft mir eine neue Flasche,
Oder eine neue Welt!

EIN KREBS

Rückwärts! heißt das Wort der Zeit;
Rückwärts laßt uns gehen,
Nicht zu schnell und nicht zu weit,
Wie's an mir zu sehen!

Bin zum Kochen jetzt zu gut,
Will nunmehr studieren,
Und in der reptilen Brut
Mich brav distinguieren.

Mancher hat's schon weit gebracht
Mit dem Rückwärtsschreiten:
Ehrensterne, Gold und Macht
Bringt's den guten Leuten.

Politik, hilf du mir fort!
Dir gehört mein Leben.
Hand in Hand und Wort auf Wort,
Rückwärts laß uns streben!

IN VINO VERITAS!

Die Wahrheit lebt im Wein.
Laßt diesen Spruch uns ehren,
Und von dem Heuchelschein
Der Zeit uns nicht betören.
Laßt uns, was recht, was schlecht,
Mit seinem Namen nennen,
Und über Herr und Knecht
Nur *ein* Gesetz erkennen!

Die Wahrheit lebt im Wein.
Wem gilt der erste Becher?
Schenkt klar und lauter ein! –
Er gilt dem Trugzerbrecher,
Der Wahrheit hohem Herrn,
Der bei dem hellsten Lichte,
Was hoch, tief, nah und fern
Sich birgt, ruft zu Gerichte.

Die Wahrheit lebt im Wein.
Der Ewge frägt nach Taten;
Er schauet nicht hinein
In Akten und Traktaten,
Da wohl sein Name steht
Mit großer Schrift geschrieben:
Der Buchstab, er vergeht –
Wo ist der Geist geblieben?

Die Wahrheit lebt im Wein.
Was nahen dort für Scharen?
Sie ziehen singend ein,
Geputzt mit schlichten Haaren.
Sind das die frommen Leut,
Die sich in Almanachen
Mit ihrer Frömmigkeit
So wunderzierlich machen?

Die Wahrheit lebt im Wein.
Wem gilt der zweite Becher?
Euch soll er heilig sein,
Ihr starken Lügenrächer,
Die für der Wahrheit Thron
Mit Hand und Mund gestritten,
Und gern, als Siegeslohn,
Hohn, Not und Tod erlitten!

Die Wahrheit lebt im Wein.
Laßt nicht auf hohen Säulen
Von blankem Marmorstein
Die Blick allein verweilen.
Die Wahrheit winkt uns fort,
Und zeigt in öden Klüften
Uns manchen heilgen Ort
Mit ungeschmückten Grüften.

Die Wahrheit lebt im Wein.
Dem keines Königs Ehren
Von Gold und Edelstein
Die freie Brust beschweren,

Des Name nie erklang
Aus eines Sängers Munde,
Den meint der Becher Klang
In unsrer vollen Runde.

Die Wahrheit lebt im Wein.
Nun füllt den letzten Becher!
Doch seht, der ist nicht rein,
Und wir sind klare Zecher.
Wem gilt der Bodensatz?
Den trüben Obskuranten
Vom Orden des Ignaz,
Und ihren Anverwandten!

DIE REISE INS PARADIES

Laßt unsrer Zeit ein Lied uns singen!
Juchhe! Juchhe!
Sie will ins Paradies uns bringen,
Sie führt uns sicherlich hinein.
Laßt uns mit ihr rückwärts gehn,
Und nicht wieder vorwärts sehn!
Rückwärts geht's durch Hexenfeuer,
Von dem Raben zu dem Geier,
Rückwärts durch des Teufels Küche,
Durch des Ketzerdampfs Gerüche,
Rückwärts bis zum alten Drachen,
Der den Apfel tät bewachen;

Rückwärts bis ins Paradies
Führt uns unsre Zeit gewiß.

Laßt unsrem Wein ein Lied uns singen!
Juchhe! Juchhe!
Er will ins Paradies uns bringen,
Er führt uns sicherlich hinein.
Flügel setzt er jedem an,
Wo sie jeder brauchen kann,
An dem Kopfe, an den Zehen,
Und wir schweben nach den Höhen,
Wo die jungen Lerchen singen,
Wo der Sphären Töne klingen;
In der Seligen Gewimmel
Trägt er uns durch sieben Himmel
Bei der Sternenlichter Schein
Grad ins Paradies hinein.

UNSRE KONSTITUTION

Hier an unsrer Tafelrunde,
In dem freien Liederbunde,
Sind wir gut konstituiert;
Können all auf Kopf und Kragen
Einen derben Hieb vertragen
Für das Recht, das uns regiert.

Keine Titel, Kreuz' und Ehren
Dürfen dem Gesetze wehren,
Das in diesem Staat floriert:
Reich' und Arme, Groß' und Kleine
Müssen trinken Wein vom Rheine
Wie der König kommandiert.

Doch der König selbst da oben
Ist dem Spruche nicht enthoben,
Wenn er seinen Zepter schwingt;
Heißt er singen uns und trinken,
Trinkt und singt er bis zum Sinken
Mit uns, daß es klirrt und klingt.

Unser König, der soll leben,
Die Minister auch daneben,
Wenn sie schenken *lauter* ein;
Wer mit Mischmasch uns betrogen,
Der wird vor Gericht gezogen
Und verdammt zu Gänsewein.

Aus der reichsten deutschen Quelle,
Stark und ruhig, warm und helle,
Fließt der Wein in unserm Staat,
Hebt das Herz und weckt die Geister,
Macht die blöden Zungen dreister,
Und gibt allen Köpfen Rat.

Also haben es gehalten
Unsre guten, tapfern Alten:
Sie berieten sich beim Glas;

Und die neuen Diplomaten
Halten auch auf Wein und Braten,
Und hernach auf dies und das!

Fort nur mit den welschen Schäumen,
Die in Demagogenträumen
Wirbeln nach dem Hirn empor!
Fort auch mit dem schweren, dicken
Ungar, der das Licht ersticken
Will in seiner Dünste Flor!

Oder wollt ihr's ernstlich wagen,
Euch mit uns herumzuschlagen,
Nun, so rückt heran zum Strauß!
Kommt uns doch nicht in die Zöpfe! –
Und wir brechen euch die Köpfe,
Und wir stechen all euch aus.

Unsre Karte zu beschützen,
Setzen gern wir unsre Mützen,
Beutel und Perücken dran;
Demagogen und Despoten
Ist der Handschuh angeboten,
Und wir stehn für *einen* Mann.

Deutsche Lieder, deutsche Reben,
Deutsche Lust und deutsches Leben,
Blüht auf deutscher Erd empor!
Segnet unsre Tafelrunde,
Die aus *einem* vollen Munde
Euch begrüßt im ersten Chor!

LIEDER DER GRIECHEN

GRIECHENLANDS HOFFNUNG

Brüder, schaut nicht in die Ferne nach der Fremden
Schutz hinaus,
Schaut, wenn ihr wollt sicher schauen, nur in euer Herz
und Haus.
Findet ihr für eure Freiheit da nicht heilige Gewähr,
Nun und nimmer, Brüder, nimmer kömmt sie euch von
außen her.
Selber hast du aufgeladen dir der Knechtschaft
schweres Joch,
Selber hast du es getragen, und du trügst es heute noch,
Hättest du darauf gewartet, hochgelobtes
Griechenland,
Daß es dir vom Nacken sollte heben eine fremde Hand.
Selber mußt du für dich kämpfen, wie du selber dich
befreit,
Dein die Schuld und dein die Buße, dein die Palme nach
dem Streit.
Viele werden dich beklagen, viele dir Gebete weihn,
Viele sich für dich verwenden, viele deine Rater sein –
Hoffst du mehr? Bau auf *die* Hoffnung deiner Freiheit
Feste nicht,
Daß der Grund, auf dem sie ruhet, nicht den Bau zu
Trümmern bricht.
Deiner alten Freiheit Ehre ist der neuen Welt gerecht,
Denn der Freie schläft im Grabe so geduldig, wie der
Knecht.
Lege reuig deine Waffen nieder vor des Türken Thron,

Beuge friedlich deinen Nacken zu dem alten
Sklavenfron:
Dann, dann magst du sicher bauen auf die Macht der
Christenheit,
Dann, dann magst du sicher hoffen, daß der Türke dir
verzeiht.
Ruh und Friede will Europa. – Warum hast du sie
gestört?
Warum mit dem Wahn der Freiheit eigenmächtig dich
betört?
Hoff auf keines Herren Hülfe gegen eines Herren Fron,
Auch des Türkenkaisers Polster nennt Europa einen
Thron.
Hellas, wohin schaut dein Auge? – Sohn, ich schau
empor zu Gott –
Gott, mein Trost in Schuld und Buße, Gott, mein Hort
in Kampf und Tod!

HYDRA

Hoher, steiler, fester Felsen, darauf Hellas' Freiheit
ruht!
Seh ich deine Wolkengipfel, steigt mein Herz und wallt
mein Blut.
Hoher, steiler, fester Felsen, den des Meeres Wog
umbraust,
Über dessen kahlem Scheitel wild die Donnerwolke
saust!

Aber in das Ungewitter streckst du kühn dein Haupt
empor,
Und es wankt nicht von dem Schlage, dessen Schall
betäubt das Ohr;
Und aus seinen tiefsten Höhlen schleudert das erboste
Meer
Wogenberg' an deine Füße, doch sie stehen stark und
hehr,
Schwanken nicht, so viel die Tanne schwankt im linden
Abendhauch,
Und die Wogenungeheuer brechen sich zu Schaum und
Rauch.
Hoher, steiler, fester Felsen, darauf Hellas' Freiheit
ruht!
Hydra, hör ich deinen Namen, steigt mein Herz und
wallt mein Blut;
Und mit deiner Segel Fluge schwebt ins weite Meer
mein Geist,
Wo der Wind, wo jede Welle jubelnd deine Siege preist.
Ist Athen in Schutt zerfallen, liegt in Staub Amphions
Stadt,
Weiß kein Enkel mehr zu sagen, wo das Haus gestanden
hat,
Dessen Ziegel nach dem feigen Sohne warf der Mutter
Hand,
Als er ohne Kranz und Wunde vor der Tür der Heldin
stand:
Laßt die Türm und Mauern stürzen; was ihr baut, muß
untergehn:
Ewig wird der Freiheit Felsen in dem freien Meere
stehn!

DIE SULIOTIN

Ich hab die Spindel lang gedreht, hab manche
Winternacht
Gewebt am Stuhl, und froh dabei ans neue Kleid
gedacht.
Ich hab die Herden auf den Höhn gehütet manchen
Tag,
Und bin geklettert ohne Not den jungen Ziegen nach;
Ich habe meinen Kleinen auch manch Kinderspiel
gezeigt,
Und Sprung und Lauf und Schuß und Wurf ward mir
mit ihnen leicht.
Jetzt schleif ich einen Stahl für mich und drehe Sennen
mir –
Mein Herr, mein Hort, mein Herz, o nimm mich in den
Kampf mit dir!
Ich kenne jeden Felsenpfad auf Sulis steilen Höhn,
Und wo die flinke Gemse zagt, da kann ich sicher stehn.
Hast du noch nicht gesehn, was ich vermag im Sprung
und Lauf,
Wohlan, so gib ein Probestück mir mit den Männern
auf!
Und eine Klippe zeige mir auf Suli weit und breit,
Die ich dir nicht erklettern kann zu aller Frauen Neid.
Den Vogel treff ich in der Luft, wo's gilt nur einen
Scherz –
Meinst du, verfehlen könnt ich ja des großen Feindes
Herz?

Mein Herr, mein Hort, mein Herz, o nimm mich in den Kampf mit dir!
Mein Töchterchen kann spinnen schon. – Was sitz ich länger hier?
Mein jüngster Knabe steht allein. – Was ist mein Arm ihm wert?
Mein ältester geht auf die Jagd. – Was sorg ich für den Herd?
Mit dir, mit dir will ich ins Feld! Da hab ich meinen Stand,
Bei dir, bei dir, da, Brust an Brust, da, Liebster, Hand in Hand!
Und sollt ich fallen, sieh nicht hin, und denke nicht an mich,
Denk an den Feind, denk an den Kampf, und denke, Herz, an dich,
An unsre Kinder, an dein Haus, an Sulis heilge Höhn,
An unsres Gottes Tempel, die auf ihren Gipfeln stehn,
An deiner Heldenväter Staub, und dann an eine Gruft
Für mich, für dich, in freier Erd und unter freier Luft!

DER MINISTER

Hört! Von Geschäften wurde toll ein christlicher
Minister! –
So wollen wir einmal beschaun doch sein Geschäfts-
Register.
Ei, gab es denn in diesem Jahr so schrecklich viel zu
schaffen?
Was ist geschaffen und geschafft? – Wir dürfen's auch
begaffen.
Die Segel auf! Gen Osten hin! Da gibt es was zu sehen.
Schon leuchten uns von Chios' Strand entgegen die
Trophäen,
Trophäen, prächtig aufgetürmt, Trophäen
ohnegleichen,
Trophäen, weiß und schwarz und rot, von Schädeln,
Blut und Leichen.
Und Kreuze liegen obenauf, bespien und zerschlagen –
Was ist geschaffen und geschafft? – Hier laßt einmal uns
fragen.
Und um das hohe Leichenmal sieht man die Wölf und
Tiger
In festlich wildem Pompe ziehn, als ehrenwerte Sieger.
Viel Sklaven ziehn im Joch voraus, viel Greise, Kinder,
Weiber;
In Schweiß und Blut und Tränen sind gebadet ihre
Leiber.
So schleppen sie ihr eignes Fleisch zum Klotz der
Schlächterhöhlen;

Man sagt, es sollen Christen sein: ich will es nicht
verhehlen.
Die Segel auf! Gen Osten hin! Da gibt es was zu sehen,
Daß Herz und Gall und Aug und Mund vom Sehen
übergehen.
Der muß auf hoher Höhe stehn, der ruhig hier mag
gaffen:
Wir wollen's ohne Streit gestehn: das Jahr gab *viel* zu
schaffen.

DIE NEUEN KREUZFAHRER

Der Herr des halben Mondes hat gestiftet einen
Orden,
Ein Kreuz für alle Christen, die ihm Christen helfen
morden,
Für alle, die der Freiheit Haupt ins Joch ihm helfen
beugen,
Und lehren, daß das heilge Kreuz soll vor dem Mond
sich neigen.
Hervor, ihr Ritter allzumal! Hervor aus allen Ecken!
Mein Lied soll eurer Taten Ruf mit hellem Klang
erwecken.
Hervor, der du mit frechem Mund die Freiheit nennst
Empörung,
Und der Hellenen Heldenkampf bejammerst als
Betörung!
Du, der mit feiner Politik du drechselst die Beweise,

Daß man die Menschheit würgen kann auf legitime
Weise!
Du auch, der jeden Türkensieg verkündet mit
Posaunen,
Und was der Griechen Schwert vollbracht, befleckt mit
leisem Raunen!
Ihr alle, die durch Meer und Land die blinden Heiden
leiten,
Und ihre Heere christlich klug mit Christen lehren
streiten!
Ihr, die ihr öffnet euern Arm den flüchtigen Barbaren,
Und unter eurer Flagge Hut sie führt aus den Gefahren,
Und die ihr dann vorüberschifft, wo an der Mutter
Brüsten
Der Islamit den Säugling würgt mit wilden
Henkerlüsten!
Hervor, ihr Ritter allzumal! – Will denn die Schar nicht
enden?
Das wird einmal ein Kreuzzug sein, wenn *die* gen Ost
sich wenden!

MEINE MUSE

»Und willst du, meine Muse, denn gar zur Megära
werden?
Du sangst noch jüngst im stillen Hain den Hirten und
den Herden,
Und nun schwingst eine Geißel du laut durch die lauten
Gassen,
Und sprühest Flammen um dich her. – Ich weiß dich
nicht zu fassen.«
Du fragst? Siehst du die Hirten nicht nach scharfen
Eisen greifen?
Siehst statt der Lämmer Wölfe nicht Arkadien
durchstreifen?
Siehst in Epirus' Felsen nicht die Weiber Schwerter
wetzen?
Siehst du auf Spartas Fluren nicht die Kinder Tiger
hetzen?
Da mußt ich Hirtensängerin mein Haferrohr
zerbrechen,
Und, wie's die scharfe Zeit gebeut, in scharfen Tönen
sprechen.
Der Freiheit Tuba hab ich hell durch Stadt und Land
geblasen:
Laß meine Geißel nun ums Haupt der Pharisäer rasen!

DIE VERPESTETE FREIHEIT

Was schreit das Pharisäervolk so ängstlich durch die Länder,
Die Häupter dick mit Staub bestreut, zerrissen die Gewänder?
Sie schreien: »Sperrt die Häfen zu, umzieht mit Quarantänen
Die Grenzen und die Ufer schnell vor Schiffen und vor Kähnen!
Die Pest ist unter ihrer Schar. Da seht die Strafgerichte,
Damit des Herrn gerechte Hand Empörer macht zunichte!
Die Freiheit selber, wie es heißt, ist von der Pest befallen,
Und flüchtet sich nach Westen nun mit ihren Jüngern allen.
O seht euch vor, daß in das Land die Freiheit euch nicht schleiche,
Und der gesunden Völker Herz mit ihrem Hauch erreiche!
Sie kleidet sich zu dieser Zeit in vielerlei Gestalten:
Bald Weib, bald Mann, bald nur ein Kind, bald hat sie greise Falten.
Drum lasset keinen Flüchtling ein, der kommt vom Griechenlande,
Daß nicht die Freiheit ihre Pest bring in die guten Lande!«

BYRON

My task is done, my song has ceased, my theme
Has died into an echo. *Childe Harold*

»Siebenunddreißig Trauerschüsse? Und wen haben
sie gemeint?
Sind es siebenunddreißig Siege, die er abgekämpft dem
Feind?
Sind es siebenunddreißig Wunden, die der Held trägt
auf der Brust?
Sagt, wer ist der edle Tote, der des Lebens bunte Lust
Auf den Märkten und den Gassen überhüllt mit
schwarzem Flor?
Sagt, wer ist der edle Tote, den mein Vaterland verlor?«

Keine Siege, keine Wunden meint des Donners
dumpfer Hall,
Der von Missolunghis Mauern brüllend wogt durch
Berg und Tal,
Und als grause Weckerstimme rüttelt auf das starre
Herz,
Das der Schlag der Trauerkunde hat betäubt mit
Schreck und Schmerz:
Siebenunddreißig Jahre sind es, so die Zahl der Donner
meint,
Byron, *Byron*, deine Jahre, welche Hellas heut beweint!
Sind's die Jahre, die du lebtest? Nein, um diese wein ich
nicht:

Ewig leben diese Jahre in des Ruhmes Sonnenlicht,
Auf des Liedes Adlerschwingen, die mit nimmer-
müdem Schlag
Durch die Bahn der Zeiten rauschen, rauschend große
Seelen wach.
Nein, ich wein um andre Jahre, Jahre, die du nicht
gelebt,
Um die Jahre, die für Hellas du zu leben hast gestrebt.
Solche Jahre, Monde, Tage kündet mir des Donners
Hall,
Welche Lieder, welche Kämpfe, welche Wunden,
welchen Fall!
Einen Fall im Siegestaumel auf den Mauern von
Byzanz,
Eine Krone dir zu Füßen, auf dem Haupt der Freiheit
Kranz!

Edler Kämpfer, hast gekämpfet, eines jeden Kranzes
wert,
Hast gekämpfet mit des Geistes doppelschneidig
scharfem Schwert,
Mit des Liedes ehrner Zunge, daß von Pol zu Pol es
klang,
Mit der Sonne von dem Aufgang kreisend bis zum
Niedergang.
Hast gekämpfet mit dem grimmen Tiger der
Tyrannenwut,
Hast gekämpft in Lernas Sumpfe mit der ganzen
Schlangenbrut,
Die in schwarzem Moder nistet und dem Licht ist also
feind,

Daß sie Gift und Galle sprudelt, wenn ein Strahl sie je bescheint.
Hast gekämpfet für die Freiheit, für die Freiheit einer Welt,
Und für Hellas' junge Freiheit, wie ein todesfroher Held.
Sahst in ahnenden Gesichten sie auf unsren Bergen stehn,
Als im Tal noch ihre Kinder mußten an dem Joche gehn,
Hörtest schon den Lorbeer rauschen von der nahen Siegeslust,
Fühltest schon in Kampfeswonne schwellen deine große Brust!

Und als nun die Zeit erschienen, die prophetisch du geschaut,
Bist du nicht vor ihr erschrocken; wie der Bräutigam zur Braut,
Flogest du in Hellas' Arme, und sie öffnete sie weit:
»Ist Tyrtäos auferstanden? Ist verwunden nun mein Leid?
Ob die Könige der Erde grollend auf mich niedersehn,
Ihre Schranzen meiner spotten, ihre Priester mich verschmähn,
Eines Sängers Kriegesflagge seh ich fliegen durch das Meer;
Tanzende Delphine kreisen um des Schiffes Seiten her,
Stolz erheben sich der Wogen weiße Häupter vor dem Kiel,

Und an seinen Mast gelehnet, greift er in sein
Saitenspiel.
›Freiheit!‹ singt er mir entgegen, ›Freiheit!‹ tönt es ihm
zurück,
Freiheit brennt in seinen Wangen, Freiheit blitzt aus
seinem Blick.
Sei willkommen, Held der Leier! Sei willkommen,
Lanzenheld!
Auf, Tyrtäos, auf, und führe meine Söhne mir ins
Feld!«

Also stieg er aus dem Schiffe, warf sich nieder auf das
Land,
Und die Lippen drückt' er schweigend in des Ufers
weichen Sand;
Schweigend ging er durch die Scharen, gleich als ging'
er ganz allein,
Welche jauchzend ihm entgegen wogten bis ins Meer
hinein.
Ach, es hat ihn wohl umschauert, als er küßte diesen
Strand,
Eines Todesengels Flügel, der auf unsren Wällen stand!
Und der Held hatt' nicht gezittert, als er diesen Boten
sah;
Schärfer faßt' er ihn ins Auge: »Meinst du mich, so bin
ich da!
Eine Schlacht nur laß mich kämpfen, *eine* siegesfrohe
Schlacht,
Für die Freiheit der Hellenen, und in deine lange Nacht
Folg ich deinem ersten Winke ohne Sträuben, bleicher
Freund!

Habe längst der Erde Schauspiel durchgelacht und
durchgeweint.«

Arger Tod, du feiger Würger, hast die Bitt ihm nicht
gewährt!
Hast ihn hinterrücks beschlichen, als er wetzt' an
seinem Schwert,
Hast mit seuchenschwangerm Odem um das Haupt ihn
angehaucht,
Und des Busens Lebensflammen aus dem Nacken ihm
gesaugt.
Und so ist er hingesunken ohne Sturz und ohne Schlag,
Hingewelkt wie eine Eiche, die des Winters Stürme
brach,
Und die eine schwüle Stunde mit Gewürmen
überstreut,
Und des Waldes stolze Heldin einem Blumentode
weiht.
Also ist er hingesunken in des Lebens vollem Flor,
Aufgeschürzt zu neuem Laufe harrend an der
Schranken Tor,
Mit dem Blick die Bahn durchmessend, mit dem Blick
am Ziele schon,
Das ihm heiß entgegenwinkte mit dem grünen
Siegeslohn.

Ach, er hat ihn nicht errungen! Legt ihn auf sein
bleiches Haupt!
Tod, was ist dir nun gelungen? Hast den Kranz ihm
nicht geraubt!

Hast ihn früher ihm gegeben, als er selbst ihn hätt
erfaßt!
Und der Lorbeer glänzet grüner, weil sein Antlitz ist
erblaßt.

»Siebenunddreißig Trauerschüsse! Donnert, donnert
durch die Welt!
Und ihr hohen Meereswogen, tragt durch euer ödes
Feld
Unsrer Donner Widerhalle fort nach seinem Vaterland,
Daß den Toten die beweinen, die den Lebenden
verbannt.
Was Britannia verschuldet hat an uns mit Rat und Tat,
Dieser ist's, der uns die Schulden seines Volks bezahlet
hat!
Über seiner Bahre reichen wir dem Briten unsre Hand:
›Freies Volk, schlag ein und werde Freund und Hort
von uns genannt!‹«

VERMISCHTE GEDICHTE

BRÜDERSCHAFT

Im Krug zum grünen Kranze
Da kehrt ich durstig ein:
Da saß ein Wandrer drinnen
Am Tisch bei kühlem Wein.

Ein Glas war eingegossen,
Das wurde nimmer leer;
Sein Haupt ruht' auf dem Bündel,
Als wär's ihm viel zu schwer.

Ich tät mich zu ihm setzen,
Ich sah ihm ins Gesicht,
Das schien mir gar befreundet,
Und dennoch kannt ich's nicht.

Da sah auch mir ins Auge
Der fremde Wandersmann,
Und füllte meinen Becher,
Und sah mich wieder an.

Hei, was die Becher klangen,
Wie brannte Hand in Hand:
»Es lebe die Liebste deine,
Herzbruder, im Vaterland!«

DER PRAGER MUSIKANT

Mit der Fiedel auf dem Rücken,
Mit dem Kappel in der Hand,
Ziehn wir Prager Musikanten
Durch das weite Christenland.

Unser Schutzpatron im Himmel
Heißt der heilge Nepomuk,
Steht mit seinem Sternenkränzel
Mitten auf der Prager Bruck.

Als ich da hinausgewandert,
Hab ich Reverenz gemacht,
Ein Gebet ihm aus dem Kopfe
Recht bedächtig hergesagt.

Steht also in keinem Büchel,
Wie man's auf dem Herzen hat:
Wanderschaft mit leerem Beutel,
Und ein Schätzel in der Stadt.

Wenn das Mädel singen könnte,
Wär's gezogen mit hinaus,
Doch es hat 'ne heisre Kehle,
Darum ließ ich es zu Haus.

Ei, da gab es nasse Augen,
's war mir selbst nicht einerlei:
Sprach ich: »'s ist ja nicht für ewig,
Schönstes Nannerl, laß mich frei!«

Und ich schlüpft aus ihren Armen,
Aus der Kammer, aus dem Haus,
Konnt nicht wieder rückwärts schauen,
Bis ich war zur Stadt hinaus.

Da hab ich dies Lied gesungen,
Hab die Fiedel zu gespielt,
Bis ich in den Morgenlüften
Auf der Brust mich leicht gefühlt.

Manches Vöglein hat's vernommen:
Flög nur eins an Liebchens Ohr,
Säng ihr, wenn sie weinen wollte,
Dieses frische Liedel vor!

Wenn ich aus der Fremde komme,
Spiel ich auf aus anderm Ton,
Abends unter ihrem Fenster:
»Schätzel, Schätzel, schläfst du schon?«

Hoch geschwenkt den vollen Beutel,
Das gibt eine Musika!
's Fenster klirrt, es rauscht der Laden,
Heilige Cäcilia!

All ihr Prager Musikanten,
Auf, heraus mit Horn und Baß,
Spielt den schönsten Hochzeitreigen!
Morgen leeren wir ein Faß.

SEEFAHRERS ABSCHIED

Die du fliegst in hohen Lüften,
Kleine Schwalbe, komm herab,
Weil ich dir ein Wort im Stillen
Unten zu vertrauen hab.
Sollst mir eine Feder schenken
Aus den schwarzen Flügeln dein,
Will an meine Liebe schreiben:
Herz, es muß geschieden sein!

Morgen fahr ich auf dem Meere,
Wind und Woge weiß, wohin,
Und es fragen mich die Freunde,
Was ich doch so traurig bin.
Aber Wind und Woge sprechen
Viel von Unbeständigkeit,
Und der Sklave singt zum Ruder:
»Mächtig, mächtig ist die Zeit!«

Gott, und soll ich untergehen,
Sei es in dem tiefen Meer,
Nur nicht in der Liebsten Herze,
Wo ich gern geborgen wär.
In dem stillen klaren Spiegel
Male sich mein treues Bild,
Wann um mich in Ungewittern
Die empörte Woge schwillt.

Liebe, sieh, wie Well auf Welle
Ringt nach dem ersehnten Strand:
Aber manche wird verschlungen,
Eh sie küßt das grüne Land.
Wenn du an dem Ufer wandelst,
Hüpft die Flut nach deinem Fuß:
Wogen hab ich nur und Winde,
Dir zu schicken meinen Gruß.

Wann die fernen Höhen dämmern,
Jauchzet alles nach dem Land:
Nur zwei müde Augen bleiben
Still dem Meere zugewandt.
Wann die Segel wieder glänzen,
Wann die Winde heimwärts wehn,
Laß mich auf dem Maste sitzen:
Liebe kann durch Wolken sehn.

DER GLOCKENGUSS ZU BRESLAU

War einst ein Glockengießer
Zu Breslau in der Stadt,
Ein ehrenwerter Meister,
Gewandt in Rat und Tat.

Er hatte schon gegossen
Viel Glocken, gelb und weiß,
Für Kirchen und Kapellen
Zu Gottes Lob und Preis.

Und seine Glocken klangen
So voll, so hell, so rein:
Er goß auch Lieb und Glauben
Mit in die Form hinein.

Doch aller Glocken Krone,
Die er gegossen hat,
Das ist die Sünderglocke
Zu Breslau in der Stadt.

Im Magdalenenturme
Da hängt das Meisterstück,
Rief schon manch starres Herze
Zu seinem Gott zurück.

Wie hat der gute Meister
So treu das Werk bedacht!
Wie hat er seine Hände
Gerührt bei Tag und Nacht!

Und als die Stunde kommen,
Daß alles fertig war,
Die Form ist eingemauert,
Die Speise gut und gar:

Da ruft er seinen Buben
Zur Feuerwacht herein:
»Ich laß auf kurze Weile
Beim Kessel dich allein.

Will mich mit einem Trunke
Noch stärken zu dem Guß;
Das gibt der zähen Speise
Erst einen vollen Fluß.

Doch hüte dich, und rühre
Den Hahn mir nimmer an:
Sonst wär es um dein Leben,
Fürwitziger, getan!«

Der Bube steht am Kessel,
Schaut in die Glut hinein:
Das wogt und wallt und wirbelt,
Und will entfesselt sein.

Und zischt ihm in die Ohren,
Und zuckt ihm durch den Sinn,
Und zieht an allen Fingern
Ihn nach dem Hahne hin.

Er fühlt ihn in den Händen,
Er hat ihn umgedreht:
Da wird ihm angst und bange,
Er weiß nicht, was er tät.

Und läuft hinaus zum Meister,
Die Schuld ihm zu gestehn,
Will seine Knie umfassen
Und ihn um Gnade flehn.

Doch wie der nur vernommen
Des Knaben erstes Wort,
Da reißt die kluge Rechte
Der jähe Zorn ihm fort.

Er stößt sein scharfes Messer
Dem Buben in die Brust,
Dann stürzt er nach dem Kessel,
Sein selber nicht bewußt.

Vielleicht, daß er noch retten,
Den Strom noch hemmen kann: –
Doch sieh, der Guß ist fertig,
Es fehlt kein Tropfen dran.

Da eilt er, abzuräumen,
Und sieht, und will's nicht sehn,
Ganz ohne Fleck und Makel
Die Glocke vor sich stehn.

Der Knabe liegt am Boden,
Er schaut sein Werk nicht mehr.
Ach, Meister, wilder Meister,
Du stießest gar zu sehr!

Er stellt sich dem Gerichte,
Er klagt sich selber an:
Es tut den Richtern wehe
Wohl um den wackern Mann.

Doch kann ihn keiner retten,
Und Blut will wieder Blut:
Er hört sein Todesurtel
Mit ungebeugtem Mut.

Und als der Tag gekommen,
Daß man ihn führt hinaus,
Da wird ihm angeboten
Der letzte Gnadenschmaus.

»Ich dank euch«, spricht der Meister,
»Ihr Herren lieb und wert,
Doch eine andre Gnade
Mein Herz von euch begehrt.

Laßt mich nur einmal hören
Der neuen Glocke Klang!
Ich hab sie ja bereitet:
Möcht wissen, ob's gelang.«

Die Bitte ward gewähret,
Sie schien den Herrn gering;
Die Glocke ward geläutet,
Als er zum Tode ging.

Der Meister hört sie klingen,
So voll, so hell, so rein:
Die Augen gehn ihm über,
Es muß vor Freude sein.

Und seine Blicke leuchten,
Als wären sie verklärt:
Er hatt in ihrem Klange
Wohl mehr als Klang gehört.

Hat auch geneigt den Nacken
Zum Streich voll Zuversicht;
Und was der Tod versprochen,
Das bricht das Leben nicht.

Das ist der Glocken Krone,
Die er gegossen hat,
Die Magdalenenglocke
Zu Breslau in der Stadt.

Die ward zur Sünderglocke
Seit jenem Tag geweiht:
Weiß nicht, ob's anders worden
In dieser neuen Zeit.

FASTNACHTSLIED

von den goldenen Zöpfen

Mägdlein mit den goldnen Zöpfen,
Mägdlein mit dem goldnen Haar!
Oder ist es wohl von Seide,
Oder ist's von beiden gar?
Nenn ich's goldgediegne Seide?
Nenn ich's seidenfeines Gold?
Und welch zartes Elfenhändchen
Hat die Flechten dir gerollt?

Mägdlein mit den goldnen Zöpfen! –
Und an jedem hängt ein Herz,
Hier ein junges, da ein altes,
Hier mit Lust, und da mit Schmerz.
Und das meine, ach das meine! –
Ist kein einzig Zöpfchen leer?
Mägdlein mit den goldnen Zöpfen,
Dichterherzen sind nicht schwer.

Und die goldnen Zöpfe fliegen
Um den Nacken, um den Leib,
Und das Fliegen und das Schmiegen
Ist der Herzen Zeitvertreib.
Einer hat sich fast verirret
Um die Schulter ganz allein:
Mägdlein, streich ihn nicht zurücke,
Freiheit steht dem Haar so fein.

Mägdlein mit den goldnen Zöpfen,
Mägdlein mit dem goldnen Haar!
Herz an Herz ein stilles Plätzchen,
Eins ist eins, und zwei ein Paar.
Löse deine goldnen Flechten,
Alle Herzen fallen aus,
Und nur eines, und nur meines,
Mägdlein, trägst du mit nach Haus!

DES FINKEN ABSCHIED

Es saß ein Fink auf grünem Zweig,
Der war so frisch und blätterreich,
Und sang wohl dies und jenes;
Durch Lenz und Sommer und Herbst er sang,
Hätt da gesungen sein Lebelang,
Wär nicht der Winter kommen.

Der Winter kam mit Saus und Braus:
»Ihr Müßiggänger, zum Reich heraus,
Ihr Flattrer und Sänger und Horcher!
Herab vom Baum, du grünes Blatt!
Zum Bauen und zum Brennen hat
Der Herr das Holz erschaffen.«

Da geht im Hain das Schütteln los,
Und flugs steht alles blank und bloß,
Bis auf den Zweig des Finken.
Jetzt, naseweises Vöglein, flieh!
Mit solcher Staatsökonomie
Da ist nicht viel zu spaßen.

Und 's Vöglein flog und sang: »Ade!«
Da warf der Winter Reif und Schnee
Ihm hinterdrein, und traf's nicht.
Der Finke lacht' aus voller Kehl:
»Bewahre Gott jede Christenseel
Vor diesem Landesvater!«

Und als ich 'mal nach Welschland zog,
Manch Vöglein mit dem Wandrer flog,
Da war auch jenes drunter:
Und wär's gewest eine Nachtigall,
So hätt mein Lied einen bessern Schall,
Ich hab's ihm nachgesungen.

JÄGERS LUST

Es lebe, was auf Erden
Stolziert in grüner Tracht,
Die Wälder und die Felder,
Die Jäger und die Jagd!

Wie lustig ist's im Grünen,
Wenn's helle Jagdhorn schallt,
Wenn Hirsch' und Rehe springen,
Wenn's blitzt und dampft und knallt!

Ich hab mir schwarz gesenget
Das rechte Augenlid:
Was tut's, da mich mein Dirnel
So schwarz auch gerne sieht?

Mein Stutz und meine Dirne,
Sind die mir immer treu,
Was tu ich weiter fragen
Nach Welt und Klerisei?

Im Walde bin ich König,
Der Wald ist Gottes Haus;
Da weht sein starker Odem
Lebendig ein und aus.

Ein Wildschütz will ich bleiben,
So lang die Tannen grün,

Mein Mädchen will ich küssen,
So lang die Lippen glühn.

Komm, Kind, mit mir zu wohnen
Im freien Waldrevier!
Von immergrünen Zweigen
Bau ich ein Hüttchen dir.

Dann steig ich nimmer wieder
Ins graue Dorf hinab,
Im Walde will ich leben,
Im Wald grabt mir ein Grab!

Daß nicht des Pfarrers Kühe
Darauf zur Weide gehn:
Das Wild soll drüber springen,
Kein Kreuz im Wege stehn.

DER KRANZ

Sie war kaum aus dem Kinderkleid,
Das Mieder war ihr noch zu weit,
Da liefen schon am hellen Tag
Ihr alle flinke Bursche nach.
Sie ließ es ohne Zank geschehn,
Hat sich auch manchmal umgesehn.

Die Mutter sprach: »Nimm dich in acht!
Schon manche Dirne hat's gebracht
Um's grüne Kränzchen in dem Haar,
Daß sie im Dorf die Schönste war.«
Da fiel es erst der Tochter ein:
»Sollt ich denn wohl die Schönste sein?«

Nach einer Quelle tät sie spähn,
Sie wollte sich darin besehn,
In manche guckte sie hinein,
Doch keine war recht klar und rein;
Da kam ein Jäger frank und frei,
Und sagt' es ihr, wie schön sie sei.

Und siehe, schon im andern Jahr
Hat sie den grünen Kranz im Haar,
Hat sie den grünen Mann im Arm,
Hat sie im Hause Reigenschwarm;
Da lacht sie keck der Alten zu:
»Nun, Mutter, sag, was meintest du?«

Die Mutter sprach: »Nimm dich in acht!«
Und ach, noch in derselben Nacht
Fiel ihr das Kränzchen aus dem Haar;
Da seufzte sie: »Es ist doch wahr!«
Und fragte nie die Mutter mehr,
Wie's mit dem Kranz gemeinet wär.

DER EWIGE JUDE

Ich wandre sonder Rast und Ruh,
Mein Weg führt keinem Ziele zu;
Fremd bin ich in jedwedem Land,
Und überall doch wohlbekannt.

Tief in dem Herzen klingt ein Wort,
Das treibt mich fort von Ort zu Ort;
Ich spräch's nicht aus, nicht laut, nicht leis,
Sollt' ewge Ruh auch sein der Preis.

Es wärmt mich nicht der Sonne Licht,
Des Abends Tau, er kühlt mich nicht;
Ein lauer Nebel hüllt mich ein
In ewig gleichen Dämmerschein.

Kein Mensch sich je zu mir gesellt,
Es lacht kein Blick mir in der Welt:
Kein Vogel singt auf meinem Pfad,
Ob meinem Haupte rauscht kein Blatt.

So zieh ich Tag und Nacht einher,
Das Herz so voll, die Welt so leer;
Ich habe alles schon gesehn,
Und darf doch nicht zur Ruhe gehn.

Vom Felsen stürzt der Wasserfall,
Fort schäumt der Fluß im tiefen Tal;
Er eilt so froh der ewgen Ruh,
Dem stillen Ozeane zu.

Der Adler schwingt sich durch die Luft,
Verschwebend in des Äthers Duft;
Hoch in den Wolken steht sein Haus,
Auf Alpenspitzen ruht er aus.

Der Delphin durch die Fluten schweift,
Wenn in die Bucht der Schiffer läuft;
Und nach dem Sturm im Sonnenschein
Schläft er auf Wellenspiegeln ein.

Die Wolken treiben hin und her,
Sie sind so matt, sie sind so schwer;
Da stürzen rauschend sie herab,
Der Schoß der Erde wird ihr Grab.

Der müde Wandrer dieser Welt,
Ein sicher Ziel ist ihm gestellt.
Was klagt er ob des Tages Not?
Vor Nacht noch holt ihn heim der Tod.

O Mensch, der du den Lauf vollbracht,
Und gehest ein zur kühlen Nacht,
Bet, eh du tust die Augen zu,
Für mich um *eine* Stunde Ruh!

EIN KREUZCHEN IN DER NEUESTEN FAÇON

Ich Kreuz, mein eignes Kreuz euch klage,
Wie man mir mitspielt heutzutage.
In allen bunten Modebuden,
Bei Christen, Heiden oder Juden,
Hat man mich feil von Gold und Eisen,
Und, um mir Ehre zu erweisen,
Trägt mich die Dirn auf nackten Brüsten
Bei eitlem Stolz und wilden Lüsten.
Auch auf dem Putztisch muß ich stehen,
Und schminken, kleben, pflastern sehen,
Und abends schmück ich dann die Feste,
Zur Unterhaltung frommer Gäste.
In euren neuen Almanachen
Muß ich das Titelkupfer machen,
Und darf im Innern auch nicht fehlen,
Muß im Sonett mich lassen quälen,
Und zwischen Schilling, Laun und Clauren
Ein liebes langes Jahr ausdauern.
Selbst in den Zuckerbäckerladen
Werd ich geprägt auf Tort' und Fladen,
Und eingewickelt in Papieren
Muß ich Bonbons als Bildchen zieren;
Fürwahr, ich wäre schon verkommen,
Hätt sich nicht meiner angenommen
Die Politik auf ihrem Throne,
Und aus des dummen Pöbels Hohne
Mich glorreich zu sich aufgehoben.

Seitdem schweb ich zwar wieder oben,
Und werd in Akten und Traktaten
Geehrt von frommen Diplomaten;
Allein im schönen Morgenlande
Läßt mich, zu aller Christen Schande,
Trotz allem Jammern, allem Beten,
Frau Politik mit Füßen treten.
Ich seufz und muß darein mich finden:
Wer kann die Politik ergründen?

SCHIFFERREIGEN

[Erster Schiffer]

Es kömmt ein Fink geflogen
Des Morgens über Meer,
Der bringt mir Grüß und Lieder
Von meinem Liebchen her.

Wenn ich ein Vogel wäre,
Stellt' ich das Schiffen ein,
Und wenn ich wär kein Schiffer,
Ein Schwimmer müßt ich sein.

[Zweiter Schiffer]

Ich laß mein Schifflein treiben
Hinauf, hinab die Flut;
Ob Wind und Woge schlafen,
Das Schiff sich nimmer ruht.

Gib mir mein Ruder wieder,
Und laß das Spielen sein,
O Diebin, oder nimm mich
In deinen Nachen ein!

[Dritter Schiffer]

Es kömmt ein Schwan gezogen
Des Abends auf der Flut;
Ich will am Strande liegen,
Es träumt sich da so gut.

Es schwimmen auf den Wogen
Viel Schiffe groß und klein;
Ich kann nicht mit euch fahren,
Mein Nachen sank mir ein.

[Schifferin]

Ich bin zur Welt gekommen
In Wogen und in Wind,
Und Wind und Wogen wiegten
Mich als ein kleines Kind.

Dann bin ich Jungfrau worden,
Bekam ein Herz geschwind,
Und Herz und Jungfrau waren
Wie lauter Wog und Wind.

Bald klar und still zu schauen,
Bald wieder wild und kraus;
So lock ich manchen Nachen
Auf Klipp und Sand hinaus.

Ihr Schiffer, laßt das Singen!
Es geht in Wog und Wind.
Ihr solltet doch wohl wissen,
Was das für Dinge sind.

DAS RUHEKISSEN DER VERLASSENEN

An des Meeres Klippenstrande such ich nach dem harten Stein,
Den dein Fuß zuletzt betreten, als du stiegst ins Boot hinein.
Will ihn als ein Ruhekissen legen auf mein krankes Herz,
Daß kein weicher Traum der Liebe es betrüg um seinen Schmerz.

DER GANG VON WITTOW NACH JASMUND

Verdammte lange schmale Heide!
Zu beiden Seiten brummt das Meer,
Versteckt in einem Aschenkleide,
Senkt sich der Himmel tief und schwer.

Im Wege liegen scharfe Steine
Und schneiden in die Sohlen mir –
Was Wunder, wenn ich seufz und weine,
So oft ich scheiden muß von hier?

In Wittows weizengrünen Auen
Wohnt meine liebe Mähderin:
Ich muß auf Jasmund Kreide hauen,
Dieweil ein Taugenichts ich bin.

VINETA

Aus des Meeres tiefem, tiefem Grunde
Klingen Abendglocken dumpf und matt,
Uns zu geben wunderbare Kunde
Von der schönen alten Wunderstadt.

In der Fluten Schoß hinabgesunken,
Blieben unten ihre Trümmer stehn.
Ihre Zinnen lassen goldne Funken
Widerscheinend auf dem Spiegel sehn.

Und der Schiffer, der den Zauberschimmer
Einmal sah im hellen Abendrot,
Nach derselben Stelle schifft er immer,
Ob auch rings umher die Klippe droht.

Aus des Herzens tiefem, tiefem Grunde
Klingt es mir, wie Glocken, dumpf und matt.
Ach, sie geben wunderbare Kunde
Von der Liebe, die geliebt es hat.

Eine schöne Welt ist da versunken,
Ihre Trümmer blieben unten stehn,
Lassen sich als goldne Himmelsfunken
Oft im Spiegel meiner Träume sehn.

Und dann möcht ich tauchen in die Tiefen,
Mich versenken in den Widerschein,
Und mir ist, als ob mich Engel riefen
In die alte Wunderstadt herein.

AUF EINEM ZETTEL IN DER BADESTUBE

Hier liege, glückliches Papier,
Bis die Geliebte blickt nach dir,
Und rollt dich auf und liest und lacht
Und denkt: »Wer hat mir das gemacht?«

Sie hebt dich auf, sie steckt dich ein,
Sie wirft dich weg, es könnte sein:
Dann lieg am Boden still und stumm
Und rühr dich nicht und sieh dich um.

Und sieh, was ich nicht denken kann,
Mit unverwandten Blicken an.
Sie fühlt bei dir sich nicht belauscht,
Die Hülle sinkt, das Wasser rauscht.

O fliege, glückliches Papier,
O fliege dann zurück zu mir!
Was ich gedacht, dir ward's vertraut,
Vertraue mir, was du geschaut.

ZUR EINWEIHUNG EINES BRÜDERTEMPELS

In des neuen Tempels Hallen
Tritt feiernd ein der Brüder Schar.
So laßt das erste Lied erschallen
Dem Gott, der sein wird, ist und war.
Der alte Bau war ihm geweiht,
So segn' er auch den neuen heut!

Ihn bannet keine heilge Stätte,
Er waltet durch die weite Welt;
Es fehlt sein Arm in keiner Kette,
Die Liebe knüpft und Liebe hält.
Er ist auch hier in unsrer Schar,
Der Gott, der sein wird, ist und war.

Der Gott der Liebe, dessen Tempel
Der Mensch in seinem Busen trägt,
Der Meister, der der Liebe Stempel
Dem Weltenbau hat eingeprägt,
Er, der mit Schönheit, Weisheit, Kraft
Geschaffen hat und ewig schafft.

O großer Bauherr, lehr uns richten
Auch unsern Bau nach deinem Geist!
Dann wird die Macht ihn nicht vernichten,
Die Babels Mauern niederreißt.
Was Hände bauen, stürzt die Zeit,
Wir bauen für die Ewigkeit.

Wir bauen nicht auf Erdengrunde
Ein Werk aus Mörtel, Sand und Stein.
In unsers eignen Busens Runde
Soll unsers Tempels Stätte sein.
Wir bauen in uns fort und fort
Der Menschheit Bau mit Tat und Wort.

Und soll der Bau in uns gedeihen,
So lasset uns nicht müßiggehn.
Wir müssen all uns Einem weihen,
Soll allen dieses Ein erstehn.
Die Eintracht der vereinten Kraft,
Sie ist es, die das Werk erschafft.

So haltet treu und fest, ihr Glieder
Der Kette, so die Welt umkreist!
Ein Wort versammelt alle Brüder,
Und alle Herzen regt *ein* Geist,
Der Geist der Schönheit, Weisheit, Kraft,
Der schaffen wird und schuf und schafft.

Wohlauf, ihr rüstigen Genossen,
Auf, daß der Tempel steig empor!
Und ist der große Bau geschlossen,
So öffnen wir das heilge Tor,
Und alle Menschen treten ein,
Und alle sollen Brüder sein!

EPIGRAMME

RECHT UND LIEBE

Das Recht sagt: Jedem das Seine!
Die Liebe: Jedem das Deine!

JEDEM DAS SEINE

Ist nach Gottes Willen nicht Wein und Kuchen für die Frommen,
Warum laßt bei Brot und Wasser die Verbrecher ihr verkommen?

DES MENSCHEN SEELE UND DER TAUTROPFEN

An des Lebens voller Blüte hängt des Menschen Seele fest,
Wie des Taues Perlentropfen in der Rose süßem Nest.
Aber wann er auf die Erde mit den welken Blättern sinkt,
Folgt er gern dem Strahl der Sonne, der ihn liebend in sich trinkt.

DOPPELTE DREHUNG

Wie die Welt um ihre Achse, dreht der Mensch sich
um sein Ich.
Jene kreist auch um die Sonne: Mensch, die Sonne
kreist um dich!

ZEIT UND MENSCH

Was heißt das, über die Zeit zu klagen?
Wie jeder sie macht, so muß er sie tragen.

ADAMS ERDENKLOSS

Wie vergoldet und bemalt sich der Mensch so lange
schon,
Und noch immer guckt er durch, Vater Adams alter
Ton.

DAS GLÜCK

Laß dich von dem Glücke suchen:
Fehlt's den Weg, so mag es fluchen.
Aber suchst du selbst das Glück,
Kömmst du fluchend oft zurück.

DER SELIGSTE GLAUBE

Der seligste Glaub auf dieser Welt,
Der nur das glaubt, was ihm gefällt.

DIE REISENDEN

Auf einem Esel reitest du, dein Vordermann auf einem Roß,
Und hinter deinen Fersen keucht zu Fuß ein ungezählter Troß.
Du siehst mit Neid dem einen nach, wie viele sehn dir hinterdrein,
Und wenn die Herberg ist erreicht, gehn alle doch zu Fuß hinein.

HÜLFE OHNE FRAGE

Willst du aus der Flut mich retten, frag nicht, wo
hinein ich fiel,
Wo ich jetzt zu Grunde sinke, das sei deines Auges Ziel.
Reicher, frage nicht den Armen, wie er arm geworden
ist.
Willst du fragen, frag dich selber, wie du reich
geworden bist.

WAS ER WEISS, MACHT IHN HEISS

Viele lange Jahr es währt,
Daß ein Tag den andern lehrt,
Wird der Jüngste Tag zu heiß,
Ist's von allem, was er weiß.

SCHREIBER UND LESER

Schreiber, was bemühst du dich, immer gut zu
schreiben?
Liest dich denn ein jeder gut? Treib's, wie's alle treiben!

EINER UND ZWEI

Ein Narr und ein Weiser in Verein,
Die wissen mehr als ein Weiser allein.

DIE HELLE STIRN

In dem Bach sind wenig Fische, welcher immer klar und licht.
Stirn, die immer heiter lächelt, viel Gedanken hast du nicht.

HÖLLENERWEITERUNG

Wenn die Menschen werden gescheiter,
Macht der Teufel die Hölle weiter.

DIE BETER NACH DER MODE

Das nenn ich mir doch Heilige! Sie beten ohne Rast
und Ruh,
Und wenn sie Christum kreuzigen, sie beten Kyrie
dazu.

DER ALTE ADEL

Jüngst sprach zu mir ein faules Holz: »Ich bin des
Pfirsichstammes Sohn,
Der viel der edlen Früchte trug vor mehr als tausend
Jahren schon.«
Ich warf es lachend ins Kamin. Was tu ich mit dem
leeren Wicht,
Der prahlerisch zu seinem Ruhm von alter Ahnen
Taten spricht?

GELDSTOLZ

Es ist kein Stolz so erdentoll, wie der auf deines Beutels
Last.
Speis alle Bettler heut, und sieh, was für das Geld du
morgen hast!

DER BESTE POSTEN IN HUNGERSNOT

Sag, wer wird zum letzten mager, wann im Land ist
Hungersnot?
Spitz, der Hund der Fürstenküche, denn er frißt nur
Zuckerbrot.

WER GIBT DIE HAARE DAZU?

Wenn die großen Herrn sich raufen und verlieren
Schopf und Zopf,
Preise glücklich sich der Bürger, welcher hat den
kahlsten Kopf.

WIR MÜSSEN'S ALLE TRAGEN

Gegen den Löwen und Elefanten
Sind zu brauchen die Leibtrabanten;
Aber der Mücke wehren sie's nicht,
Daß sie des Königs Nase zersticht.

ARBEITSREGEL

Faulenz und schrei,
Du bekömmst für zwei.
Arbeit und schweige,
Dir bleibt die Neige.

SCHÄTZUNG DES LEBENS

Kein schönes Leben wird gefunden,
Zerlegst du es in Tag' und Stunden.

MENSCHENFREIHEIT

Wie ein Kind, das von dem Vater ließ auf einen Gaul sich heben,
Also reitest du, o Bruder, also reit ich durch das Leben.
Weil des Rosses Zaum wir halten, glaubst du, daß wir es regieren?
Sieh, dein Vater geht daneben, an der Halfter es zu führen.

DIE HOFFNUNG

Die längste Hoffnung kömmt doch an dasselbe Ziel,
Das auch nach kurzem Lauf noch keiner wohl gefiel.

DER WILLE

Des Menschen Will ist sein Himmel auf Erden:
Jenseits wird seine Höll er werden.

TEUFELSFLECKEN

Gäb's schwarze Flecken überall, wo Satan hat gesessen,
Du sähest manche Kirchen an für alte Schmiedeessen.

GOTTES LIVRÉE

Wer von milden Gaben lebt, dieser steht in Gottes Sold:
Darum trägt er als Livrée schlechte Kittel ohne Gold.

DAS PLATTIERTE ZEITALTER

Aus Gold und Silber, Blei und Eisen, hat Zeus die Zeiten fabriziert.
Von welchem Erz ist mein Jahrhundert? Man sieht es nicht, es ist plattiert.

ZWIEFACHE STAATSKUNST

Das Volk zu hassen und zu fürchten, das lehrt als Staatskunst der Tyrann.
Den Fürsten nenn ich gut und weise, der's liebt und doch verachten kann.

DER MENSCH DENKT, GOTT LENKT

Laß nur den Menschen denken,
Gott wird es dennoch lenken.
Nein, mag auch Gott es lenken,
Der Mensch soll dennoch denken.

DER FROMME TEUFEL

Herr Satan, einst ein böser Christ,
Ist nun geworden ein Pietist.
Für fromme Sünder schickt sich's wohl,
Daß sie ein frommer Teufel hol.

AUFGABE DER MENSCHHEIT

Strebe, Mensch zu sein auf Erden,
Nicht eines Engels Aff zu werden!

DIE NACHTIGALL

Dein Gesang, o Nachtigall, ist ein Wunder dieser Welt,
Weil ihn keiner kann verstehn, und er jedem doch gefällt.

NACHWORT

I

»Ich kann«, vertraut der gerade 21 Jahre alt gewordene, ehrgeizige Lyriker Wilhelm Müller seinem Tagebuch an, »weder spielen noch singen, und wenn ich dichte, so sing ich doch und spiele auch. Wenn ich die Weisen von mir geben könnte, so würden meine Lieder besser gefallen als jetzt. Aber getrost, es kann sich ja eine gleichgestimmte Seele finden, die die Weise aus den Worten herausholt und sie mir zurückgibt.«[1] Diese Hoffnung ist rasch und vielfältig in Erfüllung gegangen. Schon sechs Jahre später, nach dem Erscheinen der ersten Sammlung seiner Gedichte, berichtet er einem Freund voller Stolz: »Sie finden in Deutschland ausgezeichneten Beifall und ich freue mich besonders über die vielen Kompositionen derselben, die mir täglich zukommen.«[2] Müllers Rezeptionsgeschichte ist von der nachhaltigen Ausstrahlung seiner Lyrik auf die Musik[3] entscheidend bestimmt worden. Dabei ist es zu bemerkenswerten Paradoxien gekommen. Während näm-

1 Wilhelm Müller: Diary, 5 (alle abgekürzt zitierten Titel sind in der nachstehenden Bibliographie aufgeführt).

2 Wilhelm Müller als Kritiker und Erzähler, 302.

3 Vgl. Richard Paul Koepke: Wilhelm Müllers Dichtung und ihre musikalische Komposition. Diss. Northwestern University (USA) 1924, S. 20: Es seien »123 Gedichte (Müllers) von nicht weniger als 241 Komponisten 530 × vertont worden«, darunter von Johannes Brahms, Hugo Wolf, Carl Loewe, Konradin Kreutzer oder Giacomo Meyerbeer.

lich die bedeutenden Komponisten der Zeit, denen er sich freundschaftlich verbunden fühlt (wie etwa Carl Maria von Weber oder Felix Mendelssohn-Bartholdy), kein einziges Werk von ihm vertonen, gelangen Franz Schuberts Kompositionen der »Schönen Müllerin« und der »Winterreise«[4] nicht einmal zu seiner Kenntnis. In diesen Adaptionen aber steigen Müllers Zyklen nicht nur zu den weltweit vielleicht bekanntesten Gedichten deutscher Sprache auf; Schubert wird allmählich auch zum fast ausschließlichen Anlaß, den Namen des bis an die Schwelle zum 20. Jahrhundert in hohem Ansehen stehenden Dichters überhaupt noch zu erwähnen.

Diese gegen sachkundigen Widerspruch[5] weithin unbesehen fortgeschriebene Degradierung Müllers zum Appendix eines unvergleichlich Größeren und zu einer literaturgeschichtlichen Marginalie wird indes seinen spezifischen ästhetischen Leistungen ebensowenig gerecht wie der Rolle des vielseitigen »homme de lettres« innerhalb des zeitgenössischen Literaturbetriebs. In seinen verschiedenen Facetten: als Lyriker vor allem, aber auch als Verfasser zweier Schicksals- (oder besser: Vorsehungs-)Novellen, als Rezensent wie als Vermittler der englischen Gegenwartsdichtung (und an erster Stelle Byrons, über den er eine umfangreiche Biographie schreibt), liefert Müller einen eigenständigen, sehr beachtlichen Beitrag zur Weiterentwicklung des roman-

4 Zu Schuberts geringfügigen Modifikationen beim Umgang mit seiner Textvorlage vgl. Feil (s. u. Vollmann), 23 ff.

5 Z. B. Friedrich Sengle: Biedermeierzeit. Deutsche Literatur im Spannungsfeld zwischen Restauration und Revolution 1815–1848, 2 Bde. Stuttgart 1971 f.; Bd. 1, 356; Bd. 2, 31, u. ö.

tischen Erbes unter den Bedingungen gewandelter Zeitumstände.

II

Wilhelm Müller entstammt dem sozialen Milieu, das er in vielen seiner Lieder evoziert. Ein Nachzügler der »romantischen Generation«, wird er am 7. Oktober 1794 als Sohn eines Schneidermeisters in Dessau geboren. Die lange Zeit hindurch dürftigen Verhältnisse der Familie spitzen sich infolge mehrerer aufeinanderfolgender Krankheitsfälle zu. Wiederholt sieht sich der Vater dazu genötigt, den Landesherrn des kleinen Fürstentums Anhalt-Dessau um finanzielle Unterstützung zu bitten.

Als dem einzigen, der von sieben Geschwistern das frühe Kindesalter überlebt, wird Müller eine großzügige Ausbildung ermöglicht. Er erweist sich als begabter Schüler, fällt aber durch seinen Hang zur Unabhängigkeit und einen gewissen Leichtsinn auch negativ auf. Mit elf, im Jahr seiner Konfirmation, unternimmt er seine ersten poetischen Versuche.

Im Frühling 1812 schreibt sich Müller als Student der Klassischen Philologie und Geschichte an der zwei Jahre zuvor durch Wilhelm von Humboldt neugegründeten, hervorragend besetzten Berliner Universität ein und nimmt regen Anteil am zwanglosen Studentenleben. Auf den nach Napoleons Rückzug aus Rußland erfolgenden Appell zum bewaffneten Kampf gegen die französische Fremdherrschaft meldet er sich (wie die meisten seiner Kommilitonen) ein knappes Jahr später als Freiwilliger und nimmt im Range eines Leutnants bei den Gardejägern an einigen Schlachten des Befreiungskrieges teil, dessen Erlebnis – unter modifizierten Vorzeichen – ein Fixpunkt für sein politisches Bewußtsein bleibt. Nach militärischen Zwischenstationen in Prag und vor allem in Brüssel, wo er fast das gesamte Jahr 1814 verbringt, kehrt er zur Fortsetzung und Erweiterung seiner Studien (insbesondere von Fremdsprachen) nach Berlin zurück.

Dort sucht Müller den Anschluß an verschiedene gesellschaftliche und literarische Kreise, wo er aufgrund seiner angenehmen äußeren Erscheinung und seines Konversationstalents allgemein gern gesehen wird. Nicht zuletzt aus finanziellen Gründen entfaltet er eine hektische dichterische und publizistische Betriebsamkeit als Beiträger in verschiedenen Periodika. Auf Anregung Achim von Arnims, der die Ausgabe mit einer Einleitung begleitet, übersetzt er Christopher Marlowes »Doktor Faustus«. Schon vorher wird Müller Mitglied in der puristisch ausgerichteten »Gesellschaft für deutsche Sprache«. Durch den im Befreiungskrieg freigesetzten Enthusiasmus für alles »Vaterländische« motiviert – er kleidet sich zu dieser Zeit auch in »altdeutsche Tracht« – sowie auf den Spuren romantischer Vorbilder (mit denen er sich insgesamt eifrig befaßt und von denen er einige persönlich kennenlernt), wendet er sich, ohne über die erforderliche Fachkompetenz zu verfügen, der Aufarbeitung der literarischen Vergangenheit zu. 1816 veröffentlicht er eine aktualisierte »Blumenlese aus den Minnesingern«, mit der er dazu beitragen will, den »alten Geist« in der Gegenwart wieder heimisch zu machen.[6] Daß er mit Spekulationen über den Ursprung des Nibelungenlieds indes seine Grenzen überschreitet, legt der fachkundige Jacob Grimm unbarmherzig bloß.

Gleich nach seiner Rückkehr in die preußische Hauptstadt schließt sich Müller einer literarisch dilettierenden Vereinigung ehemaliger Kriegsfreiwilliger an, dessen einzige (nicht nur ästhetisch harmlose) Veröffentlichung infolge der Angst der Behörden vor politischen Geheimbünden erst nach Schwierigkeiten mit der Zensur erscheinen kann. Unter den Freunden ist auch der dichtende Maler Wilhelm Hensel, über den Müller Zugang zu den Zirkeln der Berliner religiösen Erweckungsbewegung erhält, in denen Luise, die vielumschwärmte jüngere Schwester Hensels, eine wichtige Rolle spielt. (Clemens Brentano karikiert seinen Nebenbuhler um die Zuneigung des Mädchens in der Erzählung »Die mehreren Wehmüller und ungarischen Nationalgesichter«). Auf sein Werk ist diese Konstellation nicht ohne Einfluß. Im Salon des musisch aufgeschlossenen Staatsrats von Stägemann wirken Müller und die Geschwister Hensel Ende 1816 an der Aufführung des wahrscheinlich durch eine beliebte italienische Oper und Goethes Müllerromanzen angeregten Liederspiels »Die schöne Müllerin« mit, für das er die ersten Texte seines vier Jahre später abgeschlossenen Zyklus gleichen Titels schreibt.

6 Zit. n. der Einleitung Hatfields in: Wilhelm Müller: Gedichte, VIII.

1817 eröffnet sich dem Studenten, dessen weitgespannte Aktivitäten von seinen Lehrern mit Sorge registriert werden, unverhofft die Möglichkeit zu einer ausgedehnten Bildungsreise. Die Berliner Akademie der Wissenschaften empfiehlt ihn dem preußischen Kammerherrn von Sack als wissenschaftlichen Berater für dessen Offerte, in Griechenland, Kleinasien und Ägypten antike Inschriften sichten zu lassen. Ein zweimonatiger Wien-Aufenthalt, den Müller zum Erlernen des Neugriechischen nutzt, bringt ihn mit wichtigen Vertretern der griechischen Opposition gegen die schon etwa 400 Jahre dauernde türkische Besatzung zusammen. Eine in Konstantinopel grassierende Pestepidemie zwingt zur Korrektur der vorgesehenen Reiseroute. In Gesellschaft Julius Schnorrs von Carolsfeld, eines führenden Repräsentanten der dem Geist des christlichen Mittelalters verpflichteten Malerschule der Nazarener, brechen Sack und Müller nach Italien auf. In Rom trennt sich dann der Dichter von seinem Begleiter, um das Land »genauer kennenzulernen«.[7] Seine Beobachtungen während des mehrmonatigen Aufenthalts, der ihn in engen Kontakt mit der deutschen Künstlerkolonie bringt, legt er in einem beachtlichen volkskundlichen Reisebild vor (»Rom, Römer und Römerinnen«). Die andere Frucht der Reise, eine Sammlung italienischer Volkslieder, wird dagegen erst posthum veröffentlicht.

Wieder zurück in Dessau, bemüht sich Müller sofort um eine feste Anstellung. Vom stark beanspruchten,

7 Wilhelm Müller als Kritiker und Erzähler, 364.

aber nur spärlich entlohnten »Gehülfslehrer« steigt er Anfang 1820 unter Beibehaltung seines Amtes zum Verantwortlichen für die Organisation der Herzoglichen Bibliothek auf. Ein Jahr später heiratet er die aus den ersten Familien Dessaus stammende Adelheid Basedow, eine Enkelin des berühmten Reformpädagogen der Aufklärung. Der Dauerkonflikt mit seinem schulischen Vorgesetzten endet, als Müller, der aufgrund seines »freien Unterrichts« von den Schülern sehr geschätzt wird[8], einen Sonderstatus als außerordentlicher Lehrer erhält.

Während er sich mit der Enge der kleinen Residenz, die ihm nur wenig geistige Anregungen bietet, »geduldig«[9] arrangiert und sich einen Ausgleich durch häufige Besuche vor allem in Dresden schafft, wo der bewunderte Tieck lebt, findet er sich mit der Misere der öffentlichen Verhältnisse in der frühen Restaurationszeit nicht ab. Schneidende Angriffe gegen das »Zurückschrauben der Welt« durch *»Pressezwang«* und *»politische Inquisition«* durchziehen seine Briefe seit der Rückkehr aus Italien. Selbstkritisch nimmt er sein früheres antifranzösisches Ressentiment zurück: »Wahrlich«, heißt es etwa in einem Schreiben vom 2. Mai 1822, »ich möchte mich manchmal schämen und ärgern, daß ich auch nur einen Schwertstreich mit gegen dieses Volk getan habe! – Ihr Parlament ist fürwahr jetzt der Vertreter der ganzen bedrückten und gehudelten Menschheit. Welche herrliche Reden ... sind von der *linken Seite* der Deputiertenkammer bei Gelegenheiten der Zensurge-

8 Ebd., 74.

9 Wilhelm Müller: Diary, 165.

setze in die Welt hineingeschollen!«[10] Konflikte mit den deutschen Aufsichtsbehörden erwachsen Müller, der sich mit den »Siebenundsiebzig Gedichten aus den hinterlassenen Papieren eines reisenden Waldhornisten« (1820) als Lyriker durchsetzt, insbesondere aufgrund seines europaweit beachteten philhellenischen Engagements. Den griechischen Befreiungskrieg 1821–27 begleitet er mit einer Reihe lyrischer »Hefte«, die reißenden Absatz finden. (Zur Unterscheidung von seinen zahlreichen literarischen Namensvettern war daher in der älteren Forschung das Attribut »Griechen-Müller« üblich.) Als Multiplikatoren seiner Popularität wirken auch die nach dem Vorbild einer Berliner Gründung von 1809 in verschiedenen Städten entstehenden »Liedertafeln«. Zu einigen von ihnen, darunter auch der in seiner Heimatstadt 1821 ins Leben gerufenen, unterhält Müller freundschaftliche Beziehungen.

Zwar muß eine von ihm gegründete Zeitschrift aus Mangel an Resonanz schon nach wenigen Monaten ihr Erscheinen einstellen, dafür aber stürzt sich Müller auch in seiner Dessauer Zeit neben den beruflichen und dichterischen Tätigkeiten in eine kaum überschaubare Flut sonstiger Verpflichtungen. In fast keinem der führenden kritischen Journale fehlt sein Name auf der Liste der Mitarbeiter. Eine besonders enge Verbindung ergibt sich zu der Leipziger Verlegerfamilie Brockhaus, die Müller als literarischen Ratgeber ihrer Zeitschriften und Lexika gewinnt. Zusätzlich bringt er eine vielbändige, wenn auch nicht sehr profund gearbeitete, so re-

10 Wilhelm Müller als Kritiker und Erzähler, 293, 311.

zeptionsgeschichtlich doch verdienstvolle »Bibliothek deutscher Dichter des 17. Jahrhunderts« auf den Weg.

1824, im Jahr der Veröffentlichung seiner »Homerischen Vorschule« sowie des zweiten Bandes der »Waldhornisten«-Gedichte, erfolgt durch den ihm allgemein sehr wohlgesonnenen Herzog Leopold Friedrich die Auszeichnung mit dem Hofratstitel. Ein Jahr später legt Müller unter anderem eine Sammlung neugriechischer Volkslieder vor und vollendet neben der Byron-Biographie seine erste Novelle, »Der Dreizehnte« (für die er gleich eine günstige Selbstanzeige mitliefert.) Ein dramatischer Versuch war dagegen schon früher nicht über zwei Akte hinausgelangt. Außerdem übernimmt er die Redaktion einer großangelegten, mit einer umfangreichen Korrespondenz verbundenen Enzyklopädie.

Nicht zuletzt sind es die Vorliebe des inzwischen zweifachen Vaters für einen aufwendigen Lebensstil sowie durch notwendige Kuren anfallende Mehrbelastungen, die als Motive für Müllers hektische Betriebsamkeit mitbedacht werden müssen. Im folgenden Winter ist er nach einer längeren Keuchhustenerkrankung selbst für seine Verhältnisse ungewöhnlich produktiv: Zur Veröffentlichung der »Lyrischen Reisen und epigrammatischen Spaziergänge«, der Fertigstellung der »Debora«-Novelle sowie den Pflichten als Herausgeber, Redakteur und Kritiker kommen wöchentliche Leseabende, dazu noch die Tätigkeit als Regisseur für die herzogliche Dilettantenbühne. Im Frühjahr 1827 ist Müller mit seinen Kräften am Ende. Den auf unbestimmte Zeit gewährten Urlaub nutzt er im Spätsommer zu einer Reise das Rheintal hinab und nach Württemberg, wo ihm seine Verehrer, darunter Schwab, Hauff, Uhland und Kerner ein herzliches Willkommen bereiten. Von der Krankheit gezeichnet, wird sein »sonst so klarer Geist«[11] sogar für die spiritistischen Theorien des Letztgenannten empfänglich. Über Weimar, wo Goethe auch bei der letzten Begegnung mit Müller seine Distanz wahrt, und Leipzig kehrt das Ehepaar nach Dessau zurück. Wenige Tage später, in der Nacht vom 30. September auf den 1. Oktober, stirbt der Dichter kurz vor der Vollendung seines 33. Lebensjahres.

III

Die verschiedenen Gruppen von Müllers Lyrik – auch die politische Agitation und das didaktische Epigramm – haben ihre gemeinsame Mitte in der Weiterführung des Bezugs der mittleren Romantik auf das Bewußtsein des »Volkes« als versöhnendes Potential bei der Bewältigung der neuzeitlich aufgebrochenen Krisenphänomene. Innerhalb der Gruppe der Lieder ist diese Herkunft am offensichtlichsten. Die von Müller dabei geleistete Innovation bringt bereits Heine in einem um die Freundschaft des Dichters (und natürlich des einflußreichen Rezensenten!) werbenden Brief vom 7. Juni 1826 zur Sprache. Er bescheinigt seinem Adressaten eine Meisterschaft als Schöpfer von »neuen Formen ... volkstümlicher Gedichte« und versichert: »... ich

11 Dieses Freundesurteil zitiert Hatfield (Anm. 6), XXX.

glaube erst in Ihren Liedern den reinen Klang und die wahre Einfachheit, wonach ich immer strebte, gefunden zu haben ...; es drängt mich, Ihnen zu sagen, daß ich keinen Liederdichter außer Goethe so sehr liebe wie Sie ...«[12] Müllers ästhetisches Ideal ist das die »Natursprache« mit »Läuterung und Verklärung« durch die Kunst versöhnende Volkslied[13], das eine breite Öffentlichkeit als Nährboden wie als Resonanzraum zur Voraussetzung hat. Die Nachbildung antiquarischer Muster lehnt er in seinem Plädoyer für lyrische »Zeitgemäßheit« und Lebensunmittelbarkeit daher ab.[14]

Sein vorherrschender Gedichttypus ist das ständische Rollenlied: schlichte, naturverbundene Angehörige von Berufen aus der Unter- oder Mittelschicht[15] bringen umgangssprachlich ihre Empfindungen im Kontext typischer Situationen ihrer Lebenswirklichkeit zum Ausdruck. Die wesentlichen Kriterien faßt Müller anhand des Vorbilds der »schönsten deutschen Volkslieder« bündig zusammen: »Einfachheit der Form, Sangbarkeit des Metrums, natürliche Unumwundenheit der Sprache ..., bewußtlose tiefe Innigkeit, die ... lange nachklingt, und naive Unbefangenheit in der schüchternen Aussprache des Höchsten.«[16] Daß diese Programmatik wohlbedacht und nicht als Option auf

12 Zit. n. Baumann, 117; vgl. dazu den grundlegenden Aufsatz von Reeves.

13 Wilhelm Müller: Vermischte Schriften, Bd. 4; 95, 103.

14 Ebd., 105.

15 In seiner weitesten Bedeutung umfaßt das »Volk« für Müller »Bürger und Landmann« (Rom, 146).

16 Wilhelm Müller: Vermischte Schriften, Bd. 4, 104.

geistige Anspruchslosigkeit mißzuverstehen ist, unterstreichen Müllers Auslassungen gegen eine reflexions- und daher auch »gehaltlose« Hochkonjunktur des Volksliedtons.[17] Er selbst, der Wert darauf legt, »im Stil sehr skrupulös« zu sein[18], geht demgegenüber vom philosophisch-ästhetischen Kernproblem der Zeit aus: von der Erkundung möglicher sentimentalischer Rekonstruktionen des Naiven (wie es in Schillers Terminologie heißt), der Versöhnung von Auseinandergetretenem. Daher variieren auch die Motive seiner Lyrik immer wieder Situationen der Trennung, hinter denen die Frage nach ihrer Überwindung im Medium der Kunst steht.

Diese Struktur kennzeichnet auch die beiden von Schubert vertonten Zyklen. Freilich sollte man darüber den beschwingten »Frühlingskranz« nicht vergessen, der die mystisch-panerotische Rückgewinnung der Einheit des Geistes mit der Natur, die transzendierende Erfahrung der Sympathie und Zusammengehörigkeit alles Seienden feiert (S. 79f.). Während jedoch dieser von der Aufhebung der Polaritäten kündende Preis der Lebensfreude »von Leide nicht« weiß (S. 68), haben die »Schöne Müllerin« und die »Winterreise« gerade Scheitern und Verstörung zum Inhalt. Wie noch einige andere Lieder Müllers (S. 139) weisen manche Passagen des ältesten Zyklus – nicht nur der bei Schubert weggefallene Rahmen – auf Heines Technik der ironischen Distanzierung und Desillusionierung voraus. Vertraute

17 Ebd., 117.

18 Wilhelm Müller als Kritiker und Erzähler, 274.

Elemente des Volksliedes werden zu Versatzstücken eines Geschehens, das in zwei umgekehrt linear verlaufenden Stimmungskurven um ein problematisches Verhältnis zur Realität kreist (S. 24f.) und damit auf einer zweiten Ebene auch um deren ästhetische Vermittelbarkeit. Untergründig liegt dem Schicksal des Müllerburschen freilich die Unerfüllbarkeit der Verheißungen zugrunde, aus der Unrast des Lebens in einem dauernden Zustand der Liebe Geborgenheit zu finden. So wurde die Stimme des Bachs verschiedentlich als Symbol eines erst allmählich bewußt werdenden Todeswunsches gedeutet.

Die hinzutretenden sozialen Faktoren dieses Unglücks sind auch in der »Winterreise« nicht zu übersehen. Von der Erkaltung der natürlichen Liebesfähigkeit durch die ausschließlich finanzielle Definition menschlicher Beziehungen (S. 43f.) handeln viele Texte der Romantik. Darüber hinaus gewinnt der Zyklus eine existentielle Tiefendimension durch die beklemmende Veranschaulichung der Sinnkrise am »Ende... aller Träume« (S. 54), nach dem Verlust der Utopie von einem glücklicheren Leben, worin die häufige Verwendung des Topos der Winterreise gerade in der Literatur der beiden Jahrzehnte nach 1968 begründet scheint. Drei Phasen der Selbstzerstörung sind zu unterscheiden, die jeweils genau acht Gedichte umfassen: Zunächst der »Rückblick« (S. 50) auf den Schauplatz der verflossenen Hoffnungen; sodann der Eintritt in die topographische und psychische Wildnis der Einsamkeit, Trostlosigkeit und Verzweiflung; und schließlich das in Bildern von bizarrer Kühnheit artikulierte Bewußtsein unaufhebbarer metaphysischer Fremdheit angesichts einer als absurd erfahrenen Existenz. Zugleich thematisiert das Schlußgedicht die Nöte dichterischen Sprechens unter diesen Bedingungen.

Auch wenn der Gehalt der »Winterreise« diesen Aspekt sicher übergreift, ist die psychische Verfassung des Wanderers doch unbestreitbar ein Spiegel der zeitgenössischen gesellschaftlichen Zustände, die auch in direkterer Weise in Müllers Dichtung präsent sind. Während die meisten Autoren in den zwanziger Jahren bewußt »Abschied von der Zeit«[19] nehmen, beschäftigt sich Müller in seinen »politischen Chansons«, wie er seine »Tafellieder« nennt[20], in seinen Griechenliedern und seinen Epigrammen durchgehend kritisch mit der Repression der durch die Befreiungskriege geweckten Hoffnungen auf nationale Einheit, »wahre bürgerliche Freiheit« und eine »Staatsverfassung«, in der sich der »Geist des Volkes ... klar und vollständig aussprechen« sollte.[21] Daß er sich darin als Anwalt eines gemeinsamen Anliegens versteht, gibt er auf verschiedene Weise zu erkennen. Die Bloßstellung des »plattierten Zeitalters« (S. 156) und seiner privilegierten Schichten, der die Religion als Stütze ihrer politischen Interessen vereinnahmenden Aristokratie, aber auch schon des finanzstarken Großbürgertums (S. 152f.), vollzieht sich unter Berufung auf die analytische Kompetenz von

19 August Graf von Platen: Sämtliche Werke. Historisch-kritische Ausgabe in 15 Bänden. Hrsg. von Max Koch und Erich Petzet. Leipzig 1910. Bd. 5, 280.

20 Wilhelm Müller als Kritiker und Erzähler, 186.

21 Wilhelm Müller: Rom, 66, 36.

»Sprüchwörtern«, die »von Mund zu Mund« laufen.[22] Daß die Liedertafeln ein »gut konstituiertes« (S. 94) Gegenmodell zu den herrschenden Verhältnissen antizipieren, das (wie die doppelsinnigen Wein-Metaphern aussagen) auf dem Geist des gesamten Volkes gründet, konvergiert mit dem Anspruch dieser frühen Organisationsformen bürgerlicher Öffentlichkeit. Den Vertretern der theologisch verbrämten Legitimitätsdoktrin wirft Müller Unverständnis des von Gott sanktionierten Geschichtsprozesses der politischen Emanzipation der Völker vor (S. 91 f.), den Versuch, natürliche Entwicklungsabläufe zu hemmen.[23]

Davon, daß die gewaltsame Niederhaltung freiheitlicher Bestrebungen indes nicht das letzte Wort behalten wird, daß der »gute Geist« der europäischen Befreiungsbewegung »noch nicht verflogen ist«, legt die Verwandtschaft des »Zweiundzwanzigers« mit dem »Elferwein« Zeugnis ab.[24] Der Aufstand der Griechen gegen die fremde Besatzungsmacht erscheint somit in der Perspektive einer stellvertretenden Auseinandersetzung zwischen den Prinzipien des Neo-Absolutismus und des Selbstbestimmungsrechts der Völker. Seine »Lieder der Griechen«, die Müller im Metrum neugriechischer Volkslieder verfaßt und vielfach als Rollenlieder konzipiert, wollen mit ihrem effektvollen Pathos nicht nur eine breite Mobilisierung der Sympathie zugunsten der griechischen Sache erreichen, sondern die

22 Wilhelm Müller: Gedichte, 338.

23 Vgl. bes. ebd., 158, 102.

24 Ebd., 99.

Deutschen auch an ihre eigenen Hoffnungen von 1813 erinnern. Der Dichter, wie Müller ihn versteht, darf sich den aktuellen politischen Anliegen der Völker nicht entziehen, sondern ist zu schreiben gehalten, »wie's die scharfe Zeit gebeut« (S. 107). Wo das politische Interesse allgemein geworden ist, wird die Öffentlichkeitsrelevanz zu einem Kriterium für die Glaubwürdigkeit von Kunst. Müllers Intention, hehre Rechtfertigungen von Machtinteressen – »Daß man die Menschheit würgen kann auf legitime Weise!« (S. 106) – als ideologisch zu demaskieren, nimmt die sprachkritische Richtung moderner politischer Lyrik vorweg, selbst wenn seine eigene Rhetorik dem vielfach zuwiderläuft. Auch diesbezüglich weist er über seine Zeit hinaus.

Hans-Rüdiger Schwab

11 edle deutsche Roheit: ironisch für das Stilideal der Kunstlosigkeit und Naivität, das die Romantik an der »altdeutschen« Poesie bis zum 16. Jh. schätzte. – ob: auch wenn
23 tät: archaisierter Indikativ (also: tut)
31 kommt: fällt
32 Wasen: Wiese
34 Schleuß: Schließ
37 Dornenreis: Dornenzweige
38 Pfühl: Kissen
45 Selbander: Miteinander, zusammen, vereint
56 sonder: ohne
59 Nebensonnen: leuchtende Flecken beiderseits der Sonne und in gleicher Höhe mit ihr, die durch Brechung der Sonnenstrahlen an den Eiskristallen in der Atmosphäre entstehen. Die Forschung bezieht die »Nebensonnen« des Wanderers auf die Augen seines Mädchens.
74 Peripatetiker: philosophiegeschichtliche Bezeichnung für Aristoteles und seine Schüler (nach »peripatos«, dem Wandelgang, in dem die Vorträge gehalten wurden; »periato'« = spazieren-, auf und ab gehen).
76 wählig: wählerisch, ausgelassen
79 Zephyr: im Altertum der Westwind
83 Rabatten: Kragen- und Ärmelaufschläge, bes. an Uniformen
84 Bibamus, eh...: Laßt uns trinken, wohlan...
85 Geist der Zeiten: Müller spielt auf die liberalen und nationalstaatlichen Hoffnungen der deutschen Freiheitsbewegung von 1813 an (vgl. Nachwort). »Deutscher Geist« (S. 86) meint eben diese Gesinnung. »Mut« und bes. »Treue« (S. 85f.) sind alte nationalpsychologische Charakteristika der Deutschen, die im Umfeld der antinapoleonischen Erhebung vielfach aktualisiert wurden.
86 deutscher Bund: System der politischen Ordnung Deutschlands nach dem Wiener Kongreß. Die am 8.6.1815 von den Fürsten der deutschen Territorien angenommene Bundesakte sieht (an-

stelle des von den Patrioten geforderten nationalen Bundesstaates) einen Staatenbund vor, der aus 34 souveränen Herrschern und vier freien Reichsstädten bestand (mit dem Vetorecht sämtlicher Einzelstaaten in allen Grundsatzfragen). Für die Einzelstaaten wurden landständische Verfassungen in Aussicht gestellt. – Mainz: In der Stadt, deren Festung dem Bundeskommando unterstand, wurde aufgrund der Karlsbader Beschlüsse von 1819 eine außerordentliche Zentral-Untersuchungskommission gegen »revolutionäre Umtriebe« und »demagogische« Verbindungen errichtet.

87 Herschel: (Sir) Friedrich Wilhelm Herschel (1738–1822), bedeutender Astronom, der nach seiner Entdeckung des Uranus (1781) vom englischen König George III. mit Mitteln zum Bau der größten Fernrohre (Spiegelteleskope) seiner Zeit unterstützt wurde. – Sultanei: die Regierung des großtürkischen (osmanischen) Reichs (darüber hinaus wohl Metapher für das System der europäischen Restauration nach 1815). Vgl. Nachwort und Anm. S. 99ff.

88 hält den Stich: hält stand – Apoll: griechischer Gott der Jugend und des Lichts, auch der Weissagung, Musik und Dichtkunst. – Säkulum: Jahrhundert. – Ode: feierlich-erhabene lyrische Gattung

89 Servile: Unterwürfige; polemische Bezeichnung für die Anhänger der Restauration. – Kongreß: Anspielung auf die Neuordnung der europäischen Grenzen während des Wiener Kongresses.

90 distinguieren: auszeichnen, hervortun

91 In Vino Veritas: Im Wein (ist) Wahrheit (lateinische Form eines schon griechischen Sprichworts). – Akten und Traktaten: Anspielung auf die religiöse Legitimierung der mit dem Wiener Kongreß geschaffenen politischen Verhältnisse durch die zwischen Rußland, Preußen und Österreich 1815 geschlossene »Heilige Allianz«.

92 Almanachen/Frömmigkeit: Die Welle einer neuen Christlichkeit in der Dichtung seit etwa 1810 speist sich insbesondere aus dem Geist der neupietistischen Erweckungsbewegungen (an die Müller hier zunächst denkt) sowie aus der vielbeachteten Hin-

wendung namhafter Intellektueller zum Katholizismus. Politisch stehen beide Gruppen den Zielen der Restauration nahe. Vgl. Anm. zu S. 135. – Lügenrächer: die verfolgten »Demagogen« (vgl. Anm. zu S. 86).

93 Orden des Ignaz: 1814 wurde der (1539 durch Ignatius von Loyola gegründete) Jesuitenorden, der nur in Preußen und Rußland ununterbrochen fortbestanden hatte, nach 41jähriger Unterbrechung wiederhergestellt. Die Patres standen im Ruf, geheimen Einfluß auf die Regierungen im antiliberalen Sinne zu nehmen.

94 der Sphären Töne: Übertragung der Gesetze musikalischer Harmonie auf die Bewegungen der Himmelskörper in der antiken Philosophie. Nach Plato ist diese Musik nur dem geistigen Ohr zugänglich. – konstituiert: Vgl. Anm. zu S. 86. Die Liedertafel antizipiert also im kleinen das erstrebte Gesellschaftsmodell.

95 Gänsewein: scherzhaft für Wasser – blöden: schüchternen, gehemmten – Alten: hier bes. bezogen auf die germanisch-deutsche Vergangenheit.

96 welschen Schäumen/Ungar: die Weinsorten stehen für die Alternativen der Französischen Revolution und der Restauration, deren international führender Politiker der österreichische Staatskanzler Metternich (1773–1859) war. – Karte: Verfassung.

97 Lieder der Griechen: Zur politischen Situation vgl. das Nachwort.

99 Rater: Ratgeber.

100 Hydra: Gebirgige Insel in der Ägäis vor der Küste des Peloponnes, die Flüchtlingen vor den Türken schon seit dem 18. Jh. Zuflucht bot; Flottenstützpunkt und Zentrum des griechischen Widerstands während des Unabhängigkeitskampfes.

101 Amphions Stadt: Theben in Böotien; Amphion ist in der griechischen Mythologie ein Sohn des Zeus.

102 Suliotin: Angehörige einer Volksgruppe gräzisierter christlicher Albanier, die schon seit etwa 1790 im Kampf gegen die osmanische Herrschaft hervortrat. Nach schweren Niederlagen 1803 und 1822 zerstreut, beteiligten sich viele Sulioten von den

Ionischen Inseln aus am griechischen Freiheitskampf. Sennen: Sehnen (zum Spannen des Bogens).

103 steht allein: vermag ohne Hilfe aufrecht zu stehen – da hab ich meinen Stand: da ist mein Platz.

104 Minister: der englische Außenminister Castlereagh (1769–1822) schnitt sich im Zustand geistiger Umnachtung die Kehle durch. Zusammen mit Metternich war er der wichtigste Anwalt für die Aufrechterhaltung der mit dem Wiener Kongreß geschaffenen politischen Ordnung in Europa. Er lehnte es daher ab, zugunsten der Griechen politisch oder militärisch zu intervenieren. – Chios: Insel in der Ägäis, vor der mittleren Westküste Kleinasiens, die im April 1822 von den Türken überfallen wurde. Dabei wurden von 75000 Einwohnern 23000 ermordet und 47000 in die Sklaverei verkauft.

105 Herr des halben Mondes: Sultan – die Freiheit nennst Empörung: Standpunkt der Mächte der Heiligen Allianz, für die der Sultan Griechenlands legitimer Herrscher ist. Besonders denkt Müller an die von ihm auch andernorts angegriffene Zeitung »Der österreichische Beobachter«.

107 Megära: Eine der drei Erinnyen (Rachegöttinnen) der griechischen Mythologie. – fassen: begreifen – Arkadien: Schwer zugängliche, von Kleinbauern und Hirten besiedelte Landschaft auf dem Peloponnes, die in die Dichtung als Schauplatz idyllischen Landlebens einging. – Epirus: Gebirgige Region in NW-Griechenland gegenüber den Ionischen Inseln (Heimat der Sulioten; vgl. Anm. zu S. 102). – Haferrohr: Flöte – gebeut: gebietet.

108 Pharisäervolk: bezieht sich auf das Verhalten der Anhänger der Restauration den griechischen Flüchtlingen gegenüber.

109 Byron: Der berühmte englische Dichter starb im 37. Lebensjahr am 19. April 1824 in der Festung Missolunghi (Mesolongion) am Golf von Patras, wohin er an der Spitze eines angeworbenen Korps vier Monate zuvor gekommen war, um am griechischen Befreiungskampf teilzunehmen. Auch in seinen Werken wirbt er um Sympathie für die Sache der Griechen. – My task is done...: Mein Lied ist aus, mein Tagewerk vollbracht, / Mein Thema stirbt wie Echo... (aus der vorletzten Strophe von

Byrons Versepos »Childe Harolds Pilgerfahrt«, 1812–1818). – so: die

110 Byzanz: alter Name Konstantinopels (Istanbuls), der Hauptstadt des Osmanischen Reiches. – Lernas Sumpfe: In der griechischen Mythologie ist die lernäische Hydra ein schlangenartiges Ungeheuer, das von Herakles getötet wird. Metapher für Byrons Gegnerschaft zur restaurativen Politik.

111 Tyrtäos: Griechischer Lyriker des 7. Jhs. v. Chr., der die im 2. Messenischen Krieg hartbedrängten Spartaner literarisch anfeuerte.

113 Aufgeschürzt: Die Kleider zum Wettkampf geordnet. – grünen Siegeslohn: Lorbeerkranz

114 verbannt: Byron hatte 1816 England verlassen, nachdem seine gesellschaftliche Stellung dort aufgrund privater Affären unmöglich geworden war. Seine Dichtung wurde von den Konservativen als »unmoralisch« abgelehnt. – Was Britannia verschuldet: vgl. die Anm. zu Castlereagh (104).

118 Kappel: Mütze (Dialekt) – Nepomuk: Johannes von Nepomuk (um 1350–1393), Generalvikar des Prager Erzbischofs. Von König Wenzel gefangengenommen (der Legende nach wegen seiner Weigerung, die Beichte der Königin zu verraten) und nach Folterung in der Moldau ertränkt. 1729 heiliggesprochen, Landespatron von Böhmen. Durch sein Denkmal auf der Prager Karlsbrücke (1693) wurde er zum bekannten Brückenheiligen.

119 Cäcilia: frühchristliche Märtyrerin, Schutzpatronin der (Kirchen-)Musik.

122 Der Glockenguß zu Breslau: Vgl. Nr. 126 in den »Deutschen Sagen« der Brüder Grimm.

123 Speise: Das flüssige Metall zum Guß.

130 Stutz: kurzes Jagdgewehr – Dirne: Mädchen (nicht abwertend)

131 Kranz: Im Volkslied oft Metapher für die Jungfräulichkeit.

133 Der ewige Jude: Die Geschichte von dem Juden, der einst den kreuztragenden Christus angetrieben hatte und zur Strafe dafür ewig ruhelos umherirren muß, ist im Spätmittelalter weitverbreitet. Das gleichnamige Volksbuch um 1600 beeinflußt die zahlreichen literarischen Gestaltungen des Motivs seit dem Ende des 18. Jhs. Im 19. Jh. erscheint es als Symbol von

Weltschmerz, Skepsis, Pessimismus und Atheismus. Müllers Gedicht ist von William Wordsworth's »Song of the Wandering Jew« beeinflußt. – Ob: über

135 Façon: Art – Almanachen: Vgl. Anm. zu S. 92 – Sonett: beliebte Gattung der Romantik. – Schilling / Laun / Clauren: Friedrich Gustav Schilling (1766–1839), Friedrich August Schulz (1770–1849; Pseudonym: Friedrich Laun) und Karl Gottlieb Samuel Heun (1771–1854; Pseudonym: H. Clauren) zählen zu den vielgelesenen Trivialschriftstellern der frühen Restaurationszeit.

136 frommen Diplomaten: vgl. Anm. zu S. 91

139 Wittow/Jasmund: Die zwei durch eine schmale Landenge verbundenen Halbinseln im Norden Rügens. Während Wittow fruchtbares Ackerland aufweist, wird auf Jasmund Kreideabbau betrieben. (Dieses und das folgende Gedicht sind aus Müllers Zyklus »Muscheln von der Insel Rügen«.) – Vineta: Der Sage nach eine vom Meer verschlungene Stadt an der Ostsee, deren Name auf falsche Lesung des in Quellen des 10. und 11. Jhs. erwähnten Handelsplatzes Jumne oder Jumneta an der Odermündung zurückgeht (das heutige Wollin). Vgl. auch in Heines »Nordseebildern« III.

142 Brüdertempel: Raum der Zusammenkünfte der Freimaurer (einer im 18. Jh. gegründeten Bewegung, deren Leitbilder Humanität, Toleranz und Brüderlichkeit sind). Zu Beginn jeder Feier wird ein Gebet (oder ein Sinnspruch) gesprochen, zum Ausklang symbolisch die Kette gebildet. – Babel: Vgl. im Neuen Testament: Apokalypse, Kap. 17ff.; allegorischer Name für alles Widergöttliche, das in der Endzeit überwunden wird.

149 Fehlt's: Verfehlt's

152 Kyrie: Kyrie eleison = »Herr, erbarme dich!« Gebetsformel in der christlichen Liturgie.

157 Pietist: Vgl. Anm. zu S. 92.

BIBLIOGRAPHIE

1. Ausgaben

Vermischte Schriften von Wilhelm Müller. Hrsg. und mit einer Biographie Müllers begleitet von Gustav Schwab. Leipzig 1830.

Gedichte von Wilhelm Müller. Vollständige kritische Ausgabe. Bearbeitet von James Taft Hatfield. Berlin 1906. (= Druckvorlage).

Müller, Wilhelm: Rom, Römer und Römerinnen. Hrsg. und mit einem Nachwort versehen von Wulf Kirsten. Berlin [2]1983 ([1]1978).

Diary and Letters of Wilhelm Müller. Ed. by Philip Schuyler Allen and James Taft Hatfield. Chicago 1903.

Wilhelm Müller als Kritiker und Erzähler. Ein Lebensbild mit Briefen an F. A. Brockhaus und anderen Schriftstücken. Hrsg. von Heinrich Lohre. Leipzig 1927.

2. Neuere Darstellungen

Baumann, Cecilia C.: Wilhelm Müller. The Poet of the Schubert Song Cycles: His Life and Works. Pennsylvania State University 1981.

Blaicher, Günther: Wilhelm Müller and the political reception of Byron in 19th-century Germany, in: Archiv für das Studium der neueren Sprachen und Literaturen 223 (1986), S. 1–16.

Cottrell, Alan P.: Wilhelm Müller's Lyrical Song-Cycles. Interpretations and Texts. Chapel Hill 1970.

Fröhlich, Hans J.: Wilhelm Müller: »Im Dorfe«, in: Frankfurter Anthologie 3 (1978), S. 59–62.

Gad, Gernot: Wilhelm Müller. Selbstbehauptung und Selbstverleugnung. Diss. FU Berlin 1989.

Haefeli-Rasi, Madeleine: Wilhelm Müller: »Die schöne Müllerin«. Eine Interpretation als Beitrag zum Thema *Stilwandel* im Übergang von der Spätromantik zum Realismus. Zürich 1970.

Hartung, Günter: »Am Brunnen vor dem Tore ...« Über ein Lied von Wilhelm Müller und Franz Schubert, in: Interkurs 77. Internationaler Hochschulferienkurs für Germanistik der Martin-Luther-Universität Halle-Wittenberg. Reden und Vorträge. Hrsg. von Dietrich Löffler und Dieter Bähtz. Halle/Saale 1978, S. 23–38.

Hartung, Günter: Wilhelm Müller und das deutsche Volkslied, in: Weimarer Beiträge 23 (1977), Heft 5, S. 46–85.

Hörisch, Jochen: »Fremd bin ich eingezogen«. Die Erfahrung des Fremden und die fremde Erfahrung in der »Winterreise«, in: Athenäum. Jahrbuch für Romantik 1 (1991), S. 41–67.

Irmscher, Johannes: Der Dessauer Dichter Wilhelm Müller und der deutsche Philhellenismus, in: Hellenika/Saloniki 21 (1968), S. 48–74.

Just, Klaus Günther: Wilhelm Müllers Liederzyklus »Die schöne Müllerin« und »Die Winterreise«, in: Zeitschrift für deutsche Philologie 83 (1964), S. 452–471.

Kaiser, Joachim: Wilhelm Müller: »Die Post«. Beschwichtigendes Selbstgespräch, in: Frankfurter Anthologie 11 (1988), S. 113–116.

Leistner, Maria-Verena: Zu Wilhelm Müllers literaturkritischen Beiträgen in den Zeitschriften des Verlages F. A. Brockhaus, in: Germanica Wratislaviensia 1988, H. 67, S. 113–122.

Popp, Wolfgang: Die Dichtung Wilhelm Müllers. Ein Beitrag zum Problem sekundärer dichterischer Erscheinungen in der Literaturgeschichte. Diss. Konstanz 1967.

Reeves, Nigel: The art of simplicity. Heinrich Heine und Wilhelm Müller, in: Oxford German Studies 5 (1970), S. 48–66.

Schulze, Joachim: »O Bächlein meiner Liebe«. Zu einem unheimlichen Motiv bei Eichendorff und Wilhelm Müller, in: Poetica 4 (1971), S. 215–223.

Schwab, Hans-Rüdiger: Wilhelm Müller: »Tafellieder für Liedertafeln« (1822–1827)/»Lieder der Griechen« (1821–1826), in: H.-R. S.: ». . . die Zeit beherrscht die Kunst.« Studien zum politischen und sozialen Bewußtsein in der Literatur der deutschen Spätromantik. Diss. München 1986, S. 85–115.

Theobaldy, Jürgen: Wilhelm Müller: »Mut«. Die Zeit der Götterferne, in: Frankfurter Anthologie 10 (1986), S. 135–137.

Uthmann, Jörg von: Wilhelm Müller: »Der Lindenbaum«, in: Frankfurter Anthologie 4 (1979), S. 53–57.

Vollmann, Rolf: Wilhelm Müller und die Romantik, in: Arnold Feil: Franz Schubert, »Die schöne Müllerin«/»Winterreise«. Stuttgart 1975, S. 173–184.

Wetzel, Heinz: »Fremd zieh' ich wieder aus.« Fragen an Wilhelm Müller, in: Gerhard P. Knapp (Hrsg.): Autoren damals und heute. Literaturgeschichtliche Beispiele veränderter Wirkungshorizonte. Amsterdam/Atlanta 1991, S. 173–210.

Wirsing, Sibylle: Wilhelm Müller: »Rückblick«, in: Frankfurter Anthologie 3 (1978) S. 63–66.

Wollny, Ute: »Die schöne Müllerin« in der Jägerstraße, in: Traude Ebert-Obermeier (Hrsg.): Studien zur Berliner Musikgeschichte. Berlin 1989, S. 109–118.

Wollny, Ute: Ortstermin: Lindenbaum. Spurensicherung zu Text und Zeichen, Noten und Nöten der »Winterreise« von Wilhelm Müller, in: Wissenschaftliche Zeitschrift der Humboldt-Universität zu Berlin. Reihe Geistes- und Sozialwissenschaften 40 (1991), S. 101–107.

Zwischen Wörlitz und Mosigkau. Schriftenreihe zur Geschichte der Stadt Dessau und Umgebung. 21 (1977): Sonderheft Wilhelm Müller.

ALPHABETISCHES VERZEICHNIS

der Gedichtüberschriften und -anfänge

ZU DIESER AUSGABE

insel taschenbuch 901. Wilhelm Müller, Die Winterreise. Die Texte der Auswahl folgen der Ausgabe: Gedichte von Wilhelm Müller. Vollständige kritische Ausgabe. Bearbeitet von James Taft Hatfield. Berlin 1906. Von der zweiten Auflage (1994) an erscheint das insel taschenbuch 901 mit dem Vorwort zu den Schubert-Vertonungen von Christian Elsner. Das Nachwort wurde von Hans-Rüdiger Schwab durchgesehen, die Bibliographie aktualisiert.
Umschlagabbildung: Caspar David Friedrich. Hünengrab im Schnee (um 1807). Staatliche Kunstsammlungen Dresden, Gemäldegalerie.
Frontispiz: Wilhelm Müller. Stich von H. Meyer nach Franz Krüger. Bildarchiv Preußischer Kulturbesitz, Berlin.

Klassische deutsche Literatur im insel taschenbuch

Bettine von Arnims Armenbuch. Herausgegeben von Werner Vordtriede. it 541

Bettine von Arnim: Goethes Briefwechsel mit einem Kinde. Herausgegeben und eingeleitet von Waldemar Oehlke. Mit zeitgenössischen Abbildungen. it 767

– Die Günderode. Mit einem Essay von Christa Wolf. it 702

Hermann Bote: Till Eulenspiegel. Ein kurzweiliges Buch aus dem Lande Braunschweig. Wie er sein Leben vollbracht hat. Sechsundneunzig seiner Geschichten. Herausgegeben, in die Sprache unserer Zeit übertragen und mit Anmerkungen versehen von Siegfried H. Sichtermann. Mit zeitgenössischen Illustrationen. it 336

Clemens Brentano: Rheinmärchen. In der von Guido Görres herausgegebenen Ausgabe von 1846. Mit Illustrationen von Edward Steinle. it 804

Georg Büchner: Lenz. Erzählung. Mit Oberlins Aufzeichnungen ›Der Dichter Lenz, im Steinthale‹, ausgewählten Briefen von J. M. R. Lenz und einem Nachwort von Jürgen Schröder. it 429

– Leonce und Lena. Ein Lustspiel. Mit farbigen Illustrationen von Karl Walser und einem Nachwort von Jürgen Schröder. it 594

– Woyzeck. Nach den Handschriften neu herausgegeben und kommentiert von Henri Poschmann. it 846

Gottfried August Bürger: Wunderbare Reisen zu Wasser und zu Lande. Feldzüge und lustige Abenteuer des Freiherrn von Münchhausen, wie er dieselben bei der Flasche im Zirkel seiner Freunde selbst zu erzählen pflegt. Mit den Holzschnitten von Gustave Doré. it 207

Wilhelm Busch: Kritisch-Allzukritisches. Gedichte. Ausgewählt und mit einem Nachwort von Theo Schlee. Mit Illustrationen von Wilhelm Busch. it 52

Adelbert von Chamisso: Peter Schlemihls wundersame Geschichte. Nachwort von Thomas Mann. Illustriert von Emil Preetorius. it 27

Matthias Claudius: Der Wandsbecker Bote. Mit einem Vorwort von Peter Suhrkamp und einem Nachwort von Hermann Hesse. it 130

Annette von Droste-Hülshoff: Die Judenbuche. Ein Sittengemälde aus dem gebirgichten Westfalen. Mit Illustrationen von Max Unold. it 399

– Sämtliche Gedichte. Mit einem Nachwort von Ricarda Huch. it 1092

Marie von Ebner-Eschenbach: Dorf- und Schloßgeschichten. Mit einem Nachwort von Joseph Peter Strelka. it 1272

Johann Peter Eckermann: Gespräche mit Goethe in den letzten Jahren seines Lebens. 2 Bde. Herausgegeben von Fritz Bergemann. it 500

161/1/8.92

Klassische deutsche Literatur im insel taschenbuch

Joseph von Eichendorff: Aus dem Leben eines Taugenichts. Mit Illustrationen von Adolf Schrödter und einem Nachwort von Ansgar Hillach. it 202
- Gedichte. Mit Zeichnungen von Otto Ubbelohde. Herausgegeben von Traude Dienel. it 255
- Gedichte. In chronologischer Folge herausgegeben von Hartwig Schultz. it 1060
- Novellen und Gedichte. Ausgewählt und eingeleitet von Hermann Hesse. it 360

Theodor Fontane: Cécile. Mit einem Nachwort von Walter Müller-Seidel. it 689
- Effi Briest. Mit 21 Lithographien von Max Liebermann. it 138
- Frau Jenny Treibel oder ›Wo sich Herz zum Herzen findt‹. Roman. Mit einem Nachwort von Richard Brinkmann. it 746
- Grete Minde. Mit einem Nachwort von Peter Demetz. it 1157
- Herr von Ribbeck auf Ribbeck. Gedichte und Balladen. Herausgegeben von Gottfried Honnefelder. it 1446
- Irrungen, Wirrungen. Mit einem Nachwort von Walther Killy. it 771
- Jenseit des Tweed. Bilder und Briefe aus Schottland. Mit zahlreichen Abbildungen und einem Nachwort herausgegeben von Otto Drude. it 1066
- Kriegsgefangen. Erlebnisse 1870. Herausgegeben von Otto Drude. Mit zahlreichen Abbildungen. it 1437
- Mathilde Möhring. Mit einem Nachwort von Peter Demetz. it 1107
- Meine Kinderjahre. Autobiographischer Roman. Mit einem Nachwort von Otto Drude. it 705
- Die Poggenpuhls. Roman. it 1271
- Schach von Wuthenow. Erzählung aus der Zeit des Regiments Gendarmes. Mit einem Nachwort von Benno von Wiese. it 816
- Der Stechlin. Mit einem Nachwort von Walter Müller-Seidel. it 152
- Stine. Roman. Mit einem Nachwort von Peter Demetz. it 899
- Unwiederbringlich. Roman. it 286
- Vor dem Sturm. Roman, aus dem Winter 1812 auf 13. Mit einem Nachwort von Hugo Aust. it 583
- Wanderungen durch die Mark Brandenburg. 5 Bde. in Kassette. Herausgegeben von Gotthard Erler und Rudolf Mingau. it 1181-1185
  - Band I: Die Grafschaft Ruppin. it 1181
  - Band II: Das Oderland. it 1182
  - Band III: Havelland. it 1183
  - Band IV: Spreeland. it 1184
  - Band V: Fünf Schlösser. it 1185

161/2/8.92

Klassische deutsche Literatur im insel taschenbuch

Georg Forster: Reise um die Welt. Herausgegeben und mit einem Nachwort von Gerhard Steiner. it 757

Das Gespensterbuch. Herausgegeben von Johann August Apel und Friedrich Laun. Ausgewählt von Robert Stockhammer. it 1388

Johann Wolfgang Goethe: Dichtung und Wahrheit. 3 Bde. in Kassette. Mit Bildmaterial. it 149-151

– Elegie von Marienbad. September 1823. Faksimile einer Urhandschrift. Herausgegeben von Christoph Michel und Jürgen Behrens. Mit einem Geleitwort von Arthur Henkel. it 1250

– Erotische Gedichte. Gedichte, Skizzen und Fragmente. Herausgegeben von Andreas Ammer. it 1225

– Faust. Erster Teil. Nachwort von Jörn Göres. Illustrationen von Eugène Delacroix. it 50

– Faust. Zweiter Teil. Mit Federzeichnungen von Max Beckmann. Mit einem Nachwort zum Text von Jörn Göres und zu den Zeichnungen von Friedhelm Fischer. it 100

– Gedichte. Sämtliche Gedichte in zeitlicher Folge. Herausgegeben von Heinz Nicolai. it 1400

– Hermann und Dorothea. Mit Aufsätzen von August Wilhelm Schlegel, Wilhelm von Humboldt, Georg Wilhelm Friedrich Hegel und Hermann Hettner. Mit zehn Kupfern von Catel. it 225

– Italienische Reise. Mit vierzig Zeichnungen des Autors. Herausgegeben und mit einem Nachwort versehen von Christoph Michel. it 175

– Tagebuch der Italienischen Reise 1786. Notizen und Briefe aus Italien. Mit Skizzen und Zeichnungen des Autors. Herausgegeben und erläutert von Christoph Michel. it 176

– Die Leiden des jungen Werther. Mit einem Essay von Georg Lukács und einem Nachwort von Jörn Göres. Mit zeitgenössischen Illustrationen von Daniel Nikolaus Chodowiecki und anderen. it 25

– Märchen. Der neue Paris. Die neue Melusine. Das Märchen. Herausgegeben und erläutert von Katharina Mommsen. it 825

– Der Mann von funfzig Jahren. Mit einem Nachwort von Adolf Muschg. it 850

– Maximen und Reflexionen. Text der Ausgabe von 1907 mit den Erläuterungen und der Einleitung Max Heckers. Nachwort von Isabella Kuhn. it 200

– Novelle. Mit Federzeichnungen von Max Liebermann und einem Nachwort von Paul Stöcklein. Großdruck. it 2301

– Novellen. Herausgegeben und mit einem Nachwort versehen von Katharina Mommsen. Mit Federzeichnungen von Max Liebermann. it 425

161/3/8.92

Klassische deutsche Literatur im insel taschenbuch

Johann Wolfgang Goethe: Reineke Fuchs. Mit Stahlstichen nach Zeichnungen von Wilhelm Kaulbach. it 125

– Römische Elegien und Venezianische Epigramme. Herausgegeben von Regine Otto. it 1150

– Schriften zur Naturwissenschaft. Ausgewählt und herausgegeben von Horst Günther. Mit Zeichnungen von Goethe. it 550

– Tagebuch der ersten Schweizer Reise 1775. Goethes letzte Schweizer Reise. Mit den Zeichnungen des Autors und einem vollständigen Faksimile der Handschrift, herausgegeben und erläutert von Hans-Georg Dewitz. it 300/375

– Unterhaltungen deutscher Ausgewanderten. Mit einem Nachwort herausgegeben von Gert Ueding. it 1050

– Die Wahlverwandtschaften. Ein Roman. Erläuterungen von Hans-J. Weitz. Mit einem Essay von Walter Benjamin. it 1

– West-östlicher Divan. Mit Essays zum ›Divan‹ von Hugo von Hofmannsthal, Oskar Loerke und Karl Krolow. Herausgegeben und mit Erläuterungen versehen von Hans-J. Weitz. it 75

– Wilhelm Meisters Lehrjahre. Herausgegeben von Erich Schmitt. Mit sechs Kupferstichen von Catel, sieben Musikbeispielen und Anmerkungen. it 475

– Wilhelm Meisters Wanderjahre oder die Entsagenden. Mit einem Nachwort von Adolf Muschg. it 575

Goethes Briefe an Charlotte von Stein. 3 Bde. in Kassette. Herausgegeben von Julius Petersen. it 1125

Goethes Feste. Festliche Texte. Ausgewählt und mit einem Nachwort versehen von Uwe Hebekus. Mit zahlreichen Abbildungen. it 1325

Goethes Gedanken über Musik. Eine Sammlung aus seinen Werken, Briefen, Gesprächen und Tagebüchern. Herausgegeben von Hedwig Walwei-Wiegelmann. Mit achtundvierzig Abbildungen erläutert von Hartmut Schmidt. it 800

Goethes Liebesgedichte. Herausgegeben von Hans Gerhard Gräf mit einem Nachwort von Emil Staiger. it 275

Der Briefwechsel zwischen Schiller und Goethe. 2 Bde. Herausgegeben von Emil Staiger. Mit Illustrationen. Bildkommentar von Hans-Georg Dewitz. it 250

Johann Wolfgang von Goethe / Friedrich von Schiller: Sämtliche Balladen und Romanzen in zeitlicher Folge. Herausgegeben von Karl Eibl. it 1275

Manfred Wenzel: Goethe und die Medizin. Selbstzeugnisse und Dokumente. Mit zahlreichen Abbildungen. it 1350

161/4/8.92

Klassische deutsche Literatur im insel taschenbuch

Jeremias Gotthelf: Die schwarze Spinne. Mit Illustrationen von Renate Sendler-Peters. it 991

Hans Jakob Christoffel von Grimmelshausen: Der abenteuerliche Simplicissimus. Mit Zeichnungen von Fritz Kredel. it 739

Karoline von Günderode: Gedichte. Herausgegeben von Franz Josef Görtz. it 809

Hartmann von Aue: Hartmann von Aue erzählt. Der arme Heinrich. Gregorius oder Der gute Sünder Erec. Iwein oder der Löwenritter. Aus dem Mittelhochdeutschen von Lambertus Okken. it 1417

Wilhelm Hauff: Märchen. Herausgegeben von Bernhard Zeller. Mit Illustrationen von Theodor Weber, Theodor Hosemann und Ludwig Burger. it 216

Johann Peter Hebel: Kalendergeschichten. Ausgewählt und mit einem Nachwort von Ernst Bloch. Mit neunzehn Holzschnitten von Ludwig Richter. it 17

– Schatzkästlein des rheinischen Hausfreundes. Nachdruck der Ausgabe von 1811 sowie sämtliche Kalendergeschichten aus dem »Rheinländischen Hausfreund« der Jahre 1808-1819. Herausgegeben und mit einem Nachwort versehen von Jan Knopf. it 719

Heinrich Heine: Briefe aus Berlin. Herausgegeben von Joseph A. Kruse. it 1322

– Buch der Lieder. Mit zeitgenössischen Illustrationen und einem Nachwort von E. Galley. it 33

– Deutschland. Ein Wintermärchen. Mit einem Nachwort von Joseph Peter Strelka. Anhang mit Bibliographie und einer Zeittafel. it 723

– Florentinische Nächte. Mit Illustrationen von Wilhelm Wagner. it 923

– Italien. Mit farbigen Illustrationen von Paul Scheurich. it 1072

– Liebesgedichte. In einer Auswahl von Thomas Brasch. it 1444

– Neue Gedichte. it 1055

– Der Rabbi von Bacherach. Ein Fragment. Mit Illustrationen von Max Liebermann und einem Nachwort von Joseph A. Kruse. it 811

– Reisebilder. Mit einem Nachwort von Joseph A. Kruse und zeitgenössischen Illustrationen. it 444

– Romanzero. Mit einem Nachwort von Joseph A. Kruse und zeitgenössischen Illustrationen. it 538

Friedrich Hölderlin: Gedichte. Herausgegeben und mit Erläuterungen versehen von Jochen Schmidt. it 781

– Hyperion oder Der Eremit in Griechenland. Herausgegeben und mit einem Nachwort versehen von Jochen Schmidt. it 365

161/5/8.92